AF204041

Tucholsky   Wagner   Zola   Scott   Schlegel
                                            Fonatne Sydow   Freud
        Turgenev   Wallace
    Twain   Walther von der Vogelweide   Fouqué   Friedrich II. von Preußen
                    Weber   Freiligrath
                                            Ernst   Frey
    Fechner   Weiße Rose   von Fallersleben   Kant   Frommel
            Fichte   Richthofen
        Engels   Fielding   Hölderlin
                                        Eichendorff   Tacitus   Dumas
    Fehrs   Faber   Flaubert
                                            Eliasberg   Ebner Eschenbach
            Maximilian I. von Habsburg   Fock   Zweig
    Feuerbach   Eliot
                    Ewald   Vergil
        Goethe   London
    Mendelssohn   Balzac   Shakespeare   Elisabeth von Österreich
                        Lichtenberg   Rathenau   Dostojewski   Ganghofer
        Trackl   Stevenson   Doyle   Gjellerup
    Mommsen   Tolstoi   Hambruch
            Thoma   Lenz   Hanrieder   Droste-Hülshoff
    Dach   Verne   von Arnim   Hägele
            Reuter   Rousseau   Hauff   Humboldt
        Karrillon   Garschin   Hagen   Hauptmann   Gautier
        Damaschke   Defoe   Hebbel   Baudelaire
                        Descartes   Hegel   Kussmaul   Herder
    Wolfram von Eschenbach   Schopenhauer
                Darwin   Dickens   Rilke   George
        Bronner   Melville   Grimm Jerome
        Campe   Horváth   Aristoteles   Bebel   Proust
    Bismarck   Vigny   Voltaire   Federer
                        Barlach   Herodot
                    Gengenbach   Heine
        Storm   Casanova   Tersteegen   Grillparzer   Georgy
                Chamberlain   Lessing   Langbein   Gilm
    Brentano   Gryphius
                Claudius   Schiller   Lafontaine
    Strachwitz   Schilling   Kralik   Iffland Sokrates
            Katharina II. von Rußland   Bellamy
                            Gerstäcker   Raabe   Gibbon   Tschechow
    Löns   Hesse   Hoffmann   Gogol   Wilde   Vulpius
    Luther   Heym   Hofmannsthal   Klee   Hölty   Morgenstern   Gleim
        Roth   Goedicke
    Luxemburg   Heyse   Klopstock   Puschkin   Homer   Kleist
                La Roche   Horaz   Mörike   Musil
    Machiavelli   Kierkegaard   Kraft   Kraus
    Navarra   Aurel   Musset   Moltke
    Nestroy Marie de France   Lamprecht Kind Kirchhoff   Hugo
        Nietzsche   Nansen   Laotse   Ipsen   Liebknecht
                Marx   Lassalle   Gorki   Klett   Ringelnatz
    von Ossietzky   May   Lawrence   Leibniz
    Petalozzi   vom Stein   Irving
        Platon   Pückler   Michelangelo   Knigge   Kafka
    Sachs   Poe   Kock
        de Sade Praetorius   Mistral   Zetkin   Korolenko

Arabische Erzählungen aus der Zeit der Kalifen

Verschiedene Autoren

Impressum

Autor: Verschiedene Autoren
Übersetzung: Eduard Sachau
Umschlagkonzept: toepferschumann, Berlin

Verlag: tredition GmbH, Hamburg
ISBN: 978-3-8472-3810-2
Printed in Germany

Text der Originalausgabe

Arabische Erzählungen
aus der Zeit der Kalifen

Übersetzt und herausgegeben von

Eduard Sachau

Die von Eduard Sachau aus dem Urtext übersetzten und bearbeiteten Erzählungen wurden im Herbst 1920 für den Hyperionverlag in München durch die Spamersche Buchdruckerei in Leipzig gedruckt.

Die Titelumrahmung zeichnete Emil Preetorius.

Arabische Erzählungen

aus der Zeit der Kalifen

München

Hyperionverlag

Wie es einem bezechten Prinzen ergehen konnte

Prinz Abu Ali, ein Urenkel von Harun Alraschïd, pflegte viel in einem der christlichen Klöster Bagdads, genannt Dair Mudjan, zu verkehren und in Gesellschaft lustiger Kumpane Trinkgelage zu veranstalten. Denn von allen Klöstern Bagdads kelterte und verzapfte gerade dies die besten Weine. Der Prinz hielt sich dort tagelang auf, prassend und schlemmend bei Gesang und Tanz, so daß schließlich die Nachbarsleute des Quartiers sich bei der Polizei über sein wüstes Treiben beschwerten.

So kam denn die Kunde davon dem hochgestrengen Stadtpräfekten, Isaak Ibn Ibrahïm aus dem allmächtigen Hausmaiergeschlecht der Tahiriden zu Ohren. Der schickte sofort einen Boten zu dem Prinzen, stellte ihm vor, wie unpassend sein Benehmen sei, und mahnte ihn, davon abzulassen. Der Prinz aber in seinem Von-Gottes-Gnaden-Hochmut brauste auf und rief ganz laut: »Was hat der Präfekt mir zu befehlen? Sollte man es glauben, daß der mir verbieten will, meinen Sängerinnen zu lauschen und zu zechen, wo und wie es mich freut?«

Als dem Präfekten diese Rede hinterbracht wurde, geriet er in hellen Zorn, hielt aber über Tag an sich, bis es dunkel geworden war. Dann bestieg er sein Roß und ritt, begleitet von seinen Beamten, nach jenem Kloster, ließ es von allen Seiten umstellen, befahl dann das Klostertor zu öffnen und den Prinzen aus dem Obergeschoß, so wie er war, herunterzuholen. Das geschah. Der Prinz erschien, gänzlich betrunken, maskiert in läppischen buntfarbigen Gewändern neuester Mode und triefend von kostbaren Salben. Nun donnerte der Präfekt los: »Schimpf und Schande über dich! Ein Mann vom Hause Seiner Majestät des Kalifen in solchem Zustande!«

Auf des Gestrengen Befehl wurde vor dem Klostertor eine Decke auf der Erde ausgebreitet, der betrunkene Prinz darauf gelegt mit dem Gesicht nach unten, und dann versetzte ihm der Herr Präfekt eigenhändig zwanzig Hiebe mit seiner Peitsche, indem er sprach: »Seine Majestät der Kalif hat mich nicht mit seiner Vertretung beauftragt, damit ich Anstand und Sitte verfallen lasse, auch nicht dazu, daß ich dir und deinesgleichen gestatte, den Glanz seines hohen Hauses zu beschmutzen und euch Dinge herauszunehmen, wie du getan hast, solchen öffentlichen Mummenschanz, solche Verletzung von Anstand und Sitte, solches Hinausziehen nach den Klöstern und anderen Weinkneipen. Deine Züchtigung ist die Wahrung der Ehre des Kalifenhauses und zugleich eine Warnung und ein Verbot für dich und deinesgleichen vor solchem schandbaren Treiben.« Dann ließ der Präfekt geräumige, von Maultieren getragene Sänften heranbringen, die er für den Zweck mitgebracht hatte, ließ den trotz der erhaltenen Prügel noch immer betrunkenen Prinzen samt Gefolge aufladen und nach seinem Palaste schaffen.

Als seine Majestät der Kalif Mutassim von diesem Vorgang Kenntnis erhielt, bezeigte er dem Stadtpräfekten durch ein besonderes Schreiben seinen vollkommensten Beifall und befahl ihm, keinem einzigen Mitgliede seines kaiserlichen Hauses ein derartiges Benehmen zu gestatten.

So geschehen. Und ganz gut! Aber der Stadtpräfekt hatte dennoch unrecht. Denn nach dem Gesetze, welches Allah der Welt durch seinen Sendboten Mohammed gegeben hat, hätte der bezechte Prinz nicht zwanzig Hiebe bekommen sollen, sondern achtzig.

Ein gestrenger Vater und ein gütiger Kalife

Junker Abdallah Ibn Tâhir war ein eleganter junger Mann und ein lustiger Zeisig. Er verkehrte viel bei Hofe und erfreute sich der besonderen Gunst Seiner Majestät des allmächtigen Kalifen Mamûn, unter dessen Augen er erzogen war und von dem er geliebt wurde wie ein eigenes Kind.

Nun war eines Tages, oder vielmehr in einer Nacht ein großes Fest bei Hofe. Der Kaiserpalast erstrahlte in Tausenden von Flammen, Gesang und Tanz der ersten Künstler und Künstlerinnen erhitzte die Gemüter der Gäste, die erlesensten Weine kreisten in goldenen Pokalen und bald wurde die ganze Gesellschaft schwer betrunken, unter ihnen auch unser Abdallah.

Gegen Morgengrauen brachten ihn einige Diener nach Hause in den Palast seines Vaters Tâhir, in einen herrlichen Kuppelbau, wo sie ihn auf einem Diwan niederlegten. Nun wollte das Unglück, daß ein Stück einer Gardine Feuer fing an einer brennenden Kerze. Bald stand der ganze Bau in Flammen, aber der sinnlos betrunkene Abdallah schlief und wäre ohne Zweifel umgekommen, wenn nicht ein Paar treue Diener seines Elternhauses ihn gepackt und aus dem brennenden Hause getragen hätten.

In Kürze gelangte die Kunde davon zu seinem Vater, dem gestrengen Kriegsobersten Tâhir, der wenige Tage vorher mit großem Heere nach Chorasan abmarschiert war, um die östlichen Grenzen des Reiches zu verteidigen. Dieser schrieb ihm von unterwegs in herben Worten: »Hätte ich erfahren, daß du gestorben wärst, so hätte mich das weniger bekümmert als zu erfahren, daß du dich in so schmachvoller Weise benommen hast. Wenn du so sinnlos betrunken wirst, daß du selbst dann Nichts merkst, wenn der Raum, in dem du schläfst, in Flammen steht, dann ist es hohe Zeit, daß du einen neuen Lebenswandel beginnst. Darum pack deine Sachen und komm sofort mir nach. Du sollst nun Dienst tun im kaiserlichen Heere.«

Nun war Junker Abdallah in großer Not. Er verbarg den Brief seines Vaters vor seinen Leuten, versiegelte ihn wieder und legte ihn unter seinen Betteppich, aber die Angst war ihm vom Gesicht zu lesen. Da fragte ihn der Kalif, warum er so elend aussehe, was mit ihm los sei. Er sagte, es sei nichts los. Indessen, der Kalif ließ sich damit nicht beruhigen, sondern befahl Abdallahs Leibdiener herbeizubringen, und dieser sagte aus: Er wisse weiter nichts als daß sein Herr einen Brief bekommen habe, was aber in dem Brief stehe, wisse er nicht. Darauf befahl der Kalif dem Abdallah, ihm den Brief zu zeigen, und so erfuhr er den wahren Sachverhalt.

Der Kalif wollte sich durchaus nicht von seinem Liebling trennen. Er schrieb also an seinen Vater Tâhir, machte ihm milde Vorwürfe, daß er ihm den Abdallah, den er lieber habe wie ein eigenes Kind, entreißen wolle, daß er wegen einer einfachen Betrunkenheit nicht so strenge mit ihm sein dürfe, und anderes mehr.

Was sollte der alte Feldmarschall machen? Er mußte natürlich einen devotesten Brief an Seine Majestät richten, ihr submissest danken für die hohe Gnade, welche Allerhöchst dieselbe ihm und seinem Geschlechte zuteil werden lasse, daß Majestät nur zu befehlen habe, und so weiter.

So kam es denn, daß Junker Abdallah noch manches Jahr sein lustiges Leben mit Weib, Wein und Gesang am Kalifenhofe und in Bagdad fortsetzen konnte.

Die Dichter von Kûfa wollten wallfahrten gehen

In der Stadt Kûfa, der Vorgängerin von Bagdad, in Westbabylonien gegen Arabien hin gab es von alters her viele christliche Klöster. Wo das Christentum hinkam, nahm es den Weinstock mit und bereitete Wein für die Messe, aber bald nicht bloß dafür, sondern auch für den Ausschank, und so wurden Klöster entweiht zu Weinschenken, welche die Lebemänner unter Christen und Mohammedanern viel besuchten.

In Kûfa herrschte großer Durst. Wein und Würfelspiel gehörten zum guten Ton bei hoch und bei niedrig, und in allen Künsten dieses lüsternen Lebens gingen die Poeten Kufas voran. Einer der bedeutendsten unter ihnen, namens Sarwani, war fast nur in den Kneipen zu finden, wo er seine reinlichen und unreinlichen Verse schmiedete, beständig betrunken oder anderen Lastern ergeben, und sein Ende war, daß er eines Morgens in einer Weinschenke aufgefunden wurde *tot zwischen zwei Weinschläuchen.*

In Kûfa war eines Tages große festliche Aufregung. Die jährliche Pilgerkarawane, welche die heiligen Städte im fernen Westen, Mekka und Medina, besuchen wollte, zog zum Tore hinaus, angeführt von großen Heiligen, welche, auf hohen Kamelen thronend, Allahs Segen für die Reise erflehten. Die Pilger sangen fromme Weisen, die Schutzmannschaft zog unter Trommelschall voran und die Segenswünsche der zurückbleibenden Bevölkerung gaben den auf die beschwerliche und gefährliche Reise Hinausziehenden das Geleit.

Unter den Pilgern befanden sich mehrere stadtbekannte Poeten, Mutîh Ibn Ijäs, Jachja Ibn Sijâd und andere mehr. Als sie nun eine zweitägige Reise hinter sich hatten und bei dem weinberühmten Kloster Zurära angekommen waren, da sprach Mutîh zu Jachja: »Was meinst du? Wollen wir nicht unsere Leute mit unserem Gepäck vorausziehen lassen, während wir im Kloster einkehren, einen Schoppen trinken, uns von hübschen Mädchen und Knaben bedienen lassen und uns von den Anstrengungen der Reise erholen?« Jachja war einverstanden, und ebenfalls die anderen Poeten. So tranken sie denn einen Tag, und dann noch einen Tag und noch einen Tag, und schließlich so viele Tage, bis Monate daraus wurden und bis die fromme Pilgerkarawane von den heiligen Städten zurückkam. Nun suchten die Zecher sich zu ernüchtern, ließen sich das verwilderte Bart- und Kopfhaar scheren, legten ehrsame Pilgerkleider an, bestiegen ihre Kamele und zogen alsdann mit der großen Pilgerkarawane wieder feierlich in Kûfa ein.

Der übelste dieser Dichterbande war der genannte Mutïh Ibn Ijäs. Ihm war nichts heilig, nichts vor seinen Lüsten sicher, sogar das fromme Gebet machte er zum Gegenstand der schmutzigsten Verhöhnung. Es berichtet aber keine Chronik, daß der Kadi von Kûfa gegen ihn eingeschritten sei, vielleicht also schlief er oder war auch betrunken.

Der sangesfrohe Stadtpräfekt

Abu Haschïscha Altunbûri war ein großer, viel gefeierter Sänger. Wenn reiche Leute in Bagdad ein Fest veranstalteten, wurde Abu Haschïscha eingeladen. Er sang der Gesellschaft nach der Mahlzeit seine schönsten Lieder vor und versetzte sie allemal in das höchste Entzücken. Die reichlichsten Honorare waren sein Lohn. Was für ein Abenteuer ihm eines Tages seine Kunst zugezogen, erzählt er mit folgenden Worten:

Ich saß ruhig in meinem Hause, als plötzlich heftig an meine Tür geklopft wurde. Der Postdirektor von Bagdad in eigener Person trat bei mir ein und sprach zu mir in barschem Ton: Folge mir! Ich mußte mir sagen, daß es sich wohl um etwas sehr Wichtiges handle, Widerstand war aussichtslos, so warf ich meinen Mantel um und folgte ihm. Wir gingen durch die engen Gassen Bagdads, bis wir zum großen Palast des Stadtpräfekten kamen. Dort verließ mich der Postdirektor, aber ein Diener trat an mich heran, führte mich durch einen langen Korridor, eingefaßt auf beiden Seiten von schönen Zimmern, aus denen ein köstlicher Duft von Speise und Trank hervorströmte. Ich wurde eingeladen, in eines dieser Zimmer einzutreten, und dort setzte man mir ein fürstliches Mahl vor. Ich aß und trank drei Becher edlen Weines. Nachdem ich mein Mahl vollendet, brachten dann mehrere Diener einen großen Kasten herbei, in dem sich einige Gitarren befanden. Ich wählte mir eine davon aus, stimmte sie vorschriftsmäßig, und darauf führte man mich in einen großen Saal von blendender Schönheit.

Dort saßen an der Wand gegenüber der Tür zwei würdige Männer, der eine bekleidet mit einer hohen Mütze aus Zobelpelz und Gewändern aus persischer Seide, der andere in Gewändern aus Brokatseide, und neben ihnen war ein großer Vorhang aufgeschlagen, der vom Fußboden bis zur Decke reichte, hinter dem nach der Sitte jener Zeit die Damen des Hauses sich aufzuhalten pflegten, wenn sie hören sollten, was in dem Saale vorging, ohne selbst von den Personen im Saal gesehen zu werden. Ich machte meine devoteste Verbeugung, worauf der Mann mit der Zobelmütze mich aufforderte, Platz zu nehmen.

Dann sprach er: »So, jetzt singe uns eins deiner schönsten Lieder vor.« Darauf sang ich das Lied, dessen Anfang lautet:

Laß mich deine Liebe genießen,
Hab' Vertrauen zu meiner Treue.
Treue hat noch niemals geschadet.

Als ich geendet hatte, trank der Mann mit der Zobelpelzmütze einen Humpen Wein, klopfte dann gegen den Vorhang und sprach zu den hinter dem Vorhang sitzenden Damen: »Nun singt *ihr* dasselbe Lied.« Zu meinem größten Erstaunen wurde nun mein Lied von einer Anzahl der schönsten Stimmen gesungen, und zwar in einer so vollkommenen Weise, daß ich wähnte, als ob das Haus nach meiner Melodie tanze. Da sprach der Mann mit der Zobelpelzmütze: »Nun, Abu Haschïscha, was sagst du dazu?« Ich erwiderte: »Bei Gott, o Herr, deine Sängerinnen haben so wunderbar gesungen, daß meine eigene Kunst daneben ganz minderwertig erscheint.« Darüber freute sich jener mächtig und lachte vergnügt. Dann befahl er mir, ihm das Lied noch dreimal vorzusingen und trank dazu drei volle Humpen.

Als ich geendet hatte, sprach der Mann mit der Zobelpelzmütze: »Weißt du, wer ich bin?«

worauf ich erwiderte: »Nein.« Darauf er: »Ich bin Isaak Ibn Ibrahim, der kaiserliche Stadtpräfekt von Bagdad, und der Herr neben mir ist Prinz Mohammed Ibn Raschid. Ich wünsche, daß dies unser tête-à-tête unter uns bleibt. Merk dir das. Wenn du es ausplauderst, laß ich dir 300 Peitschenhiebe versetzen. Jetzt kannst du dich erheben und gehen.«

Sofort stand ich auf und eilte davon, er aber schickte mir einen Diener nach und ließ mir einen Geldbeutel mit 300 Denaren überreichen. Ich wollte dem Boten ein Trinkgeld geben, aber der großherrliche Lakai lehnte es stolz ab.

Das Haupt auf der Schüssel

Ein Hofmann, der mehreren Kalifen gedient hatte, erzählte folgende Geschichte:

Seine Majestät der Kalif Mutass, ein Baufanatiker wie fast alle seine Vorgänger und Nachfolger, ließ auf dem Hofe eines seiner Paläste einen neuen Pavillon aufführen, dessen Plan seine eigene Mutter, die Kalifen-Witwe Kabïcha entworfen, und dessen Mauern und Dächer sie mit kostbarem Bildwerk hatte schmücken lassen, ein Bauwerk von solcher Pracht, dergleichen man niemals gesehen hatte. Nach Vollendung desselben lud der Kalif eines Tages die ganze Hofgesellschaft, unter ihnen auch mich, zu einem Feste ein. Wir verlebten dort die herrlichsten Stunden, die erlesensten Leckerbissen wurden umhergereicht, und hinter einem goldstrotzenden Vorhang, wo die Damen des Hofes versammelt waren, trug eine Sängerin ganz neue, herrliche Weisen vor.

Während nun so das Fest eine gewisse Höhe erreicht hatte, da sahen wir einen Diener in den Saal zu uns hereintreten. Er trug mit beiden Händen ein großes Tablett, auf dem ein hochgewölbter Deckel lag. Der Diener setzte das Tablett vor unseren Augen in die Mitte des Saales nieder. Allgemeine Stille. Nun nahm der Kalif seinen Trinkbecher zur Hand, leerte ihn bis auf den Grund, und wir, die geladenen Gäste alle, wir taten desgleichen. Dann befahl Majestät dem Diener: »Heb den Deckel auf.« Das tat der Diener, und siehe da! Auf dem Teller lag das abgeschnittene Haupt eines Menschen, den wir alle gekannt hatten, das Haupt seines Vetters und Vorgängers im Kalifat, des Mustaïn, der kurz vorher von den Garden abgesetzt und im geheimen ermordet war.

Entsetzt über diesen Anblick verlor ich die Fassung, fing an zu schluchzen und zu weinen. Als der Kalif das bemerkte, fuhr er mich wild an: »Was soll das heißen, du Hurensohn? Hast du etwa Mitleid mit dem da?« auf das blutige Haupt hinweisend. Sogleich erkannte ich meinen Fehler, riß mich zusammen und sprach: »Durchaus nicht etwa aus Mitleid, o Majestät, weinte ich, sondern nur weil ich ganz im allgemeinen an den Tod erinnert wurde.« Alsdann befahl der Kalif den Deckel wieder aufzusetzen und das Tablett fortzunehmen. Das geschah. Danach war es natürlich mit aller Feststimmung vorbei und die größte höfische Umgangskunst vermochte nicht das Entsetzen aus den blassen Gesichtern der Anwesenden zu bannen. In qualvollem Schweigen saßen wir da.

Plötzlich hörten wir einen heftigen Lärm hinter dem Vorhang in der Damen-Abteilung, der uns mit neuer Unruhe erfüllte. Wir hörten eine weibliche Stimme, welche jammerte und schrie, und eine zweite Stimme, welche die jammernde Person anfuhr und beschimpfte. Die erstere rief: »O ihr, mit Gewalt habt ihr mich hergeschleppt und jetzt bringt ihr das abgeschnittene Haupt meines heißgeliebten gütigen Herrn und werft es mir vor die Füße.« In demselben Moment hörten wir, wie dieser schreienden Person eine Leier heftig an den Kopf geschlagen wurde. Der Erzähler bemerkte hierzu: Später erfuhren wir, daß das Weib, die geschimpft und geschlagen hatte, Kabïcha die Mutter des Kalifen, und daß die beschimpfte und geschlagene Person eine Lieblingsfrau des ermordeten Kalifen gewesen war.

Der Erzähler fährt fort: In traurigster Verfassung gingen wir von diesem Hoffeste nach Hause, voll trüber Gedanken über solch blutiges Schicksal im Kalifenhause. Es dauerte nicht lange, da fielen die türkischen Prätorianer über den Kalifen Mutass her und ermordeten ihn. Sie hatten wieder und wieder Geld von ihm verlangt, bis er nichts mehr besaß. Seine Mutter Kabïcha hatte zahllose Millionen, wollte aber nichts hergeben. Und so erfüllte sich sein Schicksal.

Wiederum wurden wir zu Hofe befohlen und erblickten dort die Leiche unseres ermordeten Herrn, hingestreckt in demselben glänzenden Pavillon, in dem er uns das Haupt seines Vorgängers gezeigt hatte.

Die allerhöchsten Herrschaften unter sich

Harun Alraschïd kaufte einst an einem und demselben Tage zwei bildschöne Mädchen und machte sie zu seinen Kebsweibern. Die eine hieß Schekl, die andere Schedhr. Als die letztere nach einiger Zeit dem Kalifen ein Töchterlein gebar, das den Namen Umm Abïha erhielt, wurde die Schekl grimmig neidisch, denn durch die Geburt eines Kalifenkindes hatte die Schedhr die Würde einer freien Frau und einer Prinzessin erlangt. Der Neid der Schekl steigerte sich zu heftiger Feindschaft, die sie ganz offen an den Tag legte, so daß das ganze Frauenhaus des Kalifen davon wußte. Nicht sehr lange danach gebar auch die Schekl ein Kind, und sogar einen Sohn, der vom Vater den Namen Abu Ali bekam.

Nun vergingen Jahre. Die beiden Mütter starben bald nacheinander, aber ihre gegenseitige Feindschaft starb nicht mit ihnen, sondern setzte sich fort in ihren mittlerweile herangewachsenen Kindern, Abu Ali und Umm Abïha. Diese suchten einander auf alle mögliche Weise zu ärgern und zu schaden, griffen einander in höhnischen Spottversen an, mit einem Wort, die Sache wurde ein Ärgernis in der ganzen Kalifenfamilie.

Harun Alraschïd war gestorben, sein ältester Sohn Emin elendiglich ermordet, da zog sein zweiter Sohn Mamûn aus seiner Provinz, dem fernen Chorasan, heran, bemächtigte sich des Thrones und behauptete ihn während einer langen glorreichen Regierung bis an sein Ende. Eines Tages unterhielt sich die neue Majestät im engsten Familienkreise mit seinem Bruder Abu Isaak, seinem Onkel Ibrahim Ibn Mahdi und einigen anderen seiner nächsten Blutsverwandten über die Feindschaft jener beiden Damen und ihrer Kinder. Der Kalif sprach: »In Chorasan ist mir die Feindschaft der beiden Leute zu Ohren gekommen. Ich will doch versuchen, sie miteinander auszusöhnen.«

Er ließ nun Umm Abïha, die ältere von den beiden, kommen und stellte sie wegen ihrer Feindschaft gegen ihren Stiefbruder Abu Ali zur Rede. Sie aber gab keine Antwort, sondern sah stumm vor sich zu Boden.

Darauf ließ der Kalif auch den Abu Ali kommen. Als dieser eintrat, zog die Umm Abïha sofort ihren Schleier vor das Gesicht.

Der Kalif: »Warum verschleierst du dein Gesicht, da du doch vor uns soeben unverschleiert warst? Wie kommst du dazu, dich vor deinem Bruder zu verschleiern?«

Umm Abïha: »Bei Gott, o Fürst der Gläubigen, ich kann eher vor jedem ehrbaren Fremden, vor jedem deiner Generäle und Minister unverschleiert erscheinen als vor diesem Abu Ali, denn – ich schwöre es bei Allah – er ist nicht mein Bruder, ist nicht ein Sohn meines Vaters Harun Alraschïd. Heißt es doch in der frommen Überlieferung: Er (Gott) hat sie (die Nachkommen des Abbâs) gegen Krätze und Aussatz gefeit. Der Abu Ali aber hat die Krätze, er ist ja nur der Sohn des Lakaien N. N.«

Über diese Rede geriet der Kalif in heftigen Zorn und sprach zu seinem Bruder Abu Isaak: »Vollziehe auf der Stelle an ihr die Strafe für Verleumdung.« Das geschah. Sie erhielt die vom Strafgesetz vorgeschriebenen zwanzig Schläge. Ohne einen Laut zu äußern, ertrug sie die Mißhandlung. Dann aber sprang sie auf und schleuderte dem Kalifen folgende Worte in das Gesicht: »Schmach über Dich, o Fürst der Gläubigen, daß du deine Schwester mißhandelt hast wegen des Lakaien-Buben da, und daß du eine Kalifentochter zu Unrecht wie ein gemeines Frauenzimmer nach dem Strafgesetz behandelt hast. Bei Gott, ich hatte immer geglaubt, daß die Schande des Abu Ali verborgen bleiben werde, jetzt aber wird sie in aller Ewigkeit bekannt sein und die Geschichtserzähler werden sich davon unterhalten bis an den Tag des jüngsten Gerichts.« Damit ging sie stolz zum Saal hinaus.

Dem Kalifen Mamûn hatte das Auftreten der Umm Abïha mächtig imponiert. »Famoses Frauenzimmer!« sprach er. »Wenn das ein Mann wäre, hätte sie mehr Zeug zu einem Kalifen als viele andere aus meinem Geschlecht.«

Kompaniegeschäft zwischen Dichter und Sänger

Ahmed Ibn Sadaka, einer der gefeiertsten Sänger Bagdads, erzählte, er sei eines Tages mit Châlid Alkätib, dem Poeten, dessen Liebeslieder im Munde aller Verliebten waren, auf der Straße zusammengetroffen und habe mit ihm folgendes Gespräch gehabt.

Ahmed: »Willst du mir nicht ein schönes Liebeslied dichten, das ich dann bei Hof Seiner Majestät dem Kalifen vorsingen kann?«

Châlid: »Und was hätte ich davon? Du bekämest ein reiches Geschenk vom Kalifen und ich würde leer ausgehen.«

Ahmed: »Ich schwöre dir bei Allah, wenn ich ein Geschenk bekomme, will ich es ehrlich mit dir teilen.«

Châlid: » *Dafür bist du viel zu schäbig.* Aber gut, ich will es tun, wenn du dem Kalifen wenigstens sagst, daß der Text von mir ist. Dann fällt vielleicht auch für mich etwas dabei ab.«

Ahmed: »Gut, das soll geschehen. Also schick mir das Lied.«

Darauf schickte er mir ein Lied, das anfängt mit den Versen:

»Sie (die Geliebte) spricht:
» *Er* (der Geliebte) *ist aller Sorge ledig.*«
Wer ist nun noch liebeskrank?
Wer weint nun noch aus Liebeskummer?
Wessen Herz zittert nun noch vor Liebesschmerz?«

Ich lernte das Lied auswendig und komponierte eine schöne Melodie dazu.

Bald darauf wurde ich zu einer Trinkgesellschaft bei Hofe zu Seiner Majestät Kalif Mamûn befohlen. Es traf sich nun so merkwürdig, daß Majestät zu jener Zeit ein kleines Zerwürfnis mit einer ihrer Lieblingsfrauen gehabt hatte, diese aber hatte ihm gerade an demselben Morgen einen Apfel geschickt, auf den sie mit aromatischer Farbe geschrieben hatte: »O mein Herr, *du bist aller Sorge ledig.*« Als ich nun ihm das Lied von Châlid vortrug, da verfinsterte sich sein Gesicht, seine Augen rollten wild in ihren Höhlen, und in heftigem Grimm fuhr er mich an: »Du hast Spionage in meinem Harem getrieben.« Nun erhob ich mich in arger Furcht vor seinem Zorn und sprach: »Gott möge Euer Majestät davor bewahren, daß Sie so etwas von mir denke. Möge Euer Harem ewig davor geschützt sein, daß irgend jemand Spionage dagegen treibe.«

Der Kalif: »Woher weißt du denn, was zwischen mir und meiner Frau vorgefallen ist? Was du da soeben gesungen hast, paßt genau auf uns beide.«

Da erzählte ich ihm denn von meinem Zusammentreffen mit Châlid und von unserer Vereinbarung. Als ich dann in meinem Bericht zu den Worten kam, die Châlid zu mir gesagt hatte: » *Dafür bist du viel zu schäbig,* « lachte der Kalif aus voller Kehle und sprach: »Nun will ich dir glauben.« Sein Gesicht wurde wieder heiter und er sprach: »Das ist wirklich ein merkwürdiges Zusammentreffen.« Alsdann ließ er mir 5000 Denare anweisen und für Châlid, den Dichter, ebensoviel.

Wie der Kalif einen hohen Reichswürdenträger empfing

Ubaidallah, der mächtige Tahiride, auf dessen Wink die Heere von Chorasan marschierten, Stadtpräfekt von Bagdad, hatte von Seiner Majestät dem Kalifen Mutass eine Einladung zu einem Besuch bei Hofe in Samarra erhalten. Auf der Reise dorthin kehrte er ein in dem Jungfrauen-Kloster, dessen Lob er in selbstgedichteten Versen besang.

Als er in Samarra angekommen war, schickte der Kalif zu der berühmten Hofsängerin Särija und ließ ihr sagen, sie möchte erscheinen. Die sehr hochmütige Künstlerin hatte aber keine Lust, antwortete, sie könne nicht, sie sei nicht ganz wohl. Daher sandte ihr der Kalif eine zweite Botschaft, sie *müsse* kommen und singen, er habe einen hohen Gast, der sie zu hören wünsche; es sei notwendig sowohl für ihren Ruhm wie aus Rücksicht auf den Gast, sie müsse durchaus kommen. Nun erschien sie, nahm Platz im Empfangssaal hinter dem Vorhang, sehr übel gelaunt, und erklärte, wenn der Gast nicht da wäre, wäre sie nicht gekommen. Sie sang dann zwei Lieder:

> Die Spuren der Niederlassung in Anam sind verwischt
> Gleich den bunten Linien der Tätowierung auf
> dem Handgelenk usw.

und danach:

> Die Stimme einer Taube auf einem Zypressenzweig,
> Der ein Chor von anderen Taubenstimmen antwortete
> Hat mich erschreckt, da es nun gilt Abschied zu nehmen
> usw.

Als sie geendet hatte, sprach der Kalif zu Ubaidallah: »Nun, wie findest du das?«

Ubaidallah: »Ich weiß wirklich nicht, ob mein Staunen größer ist oder mein Genuß.«

Augenscheinlich war der Kalif von dieser meiner Antwort sehr angenehm berührt. Sodann mußte der berühmte Flötenkünstler Rannâm mir ein Flötenkonzert vorblasen; diese Leistung stand aber nicht auf gleicher Höhe, denn der Ton war schwach und zitterig, da der Künstler an chronischer Gicht litt. Ferner ließ der musikfreudige Kalif mir eine von dem Techniker Ahmed Ibn Musa konstruierte kupferne Wasserflöte zeigen, welche Töne von sich gab wie eine Rohrflöte.

Danach begaben wir uns in einen anderen Teil des Palastes, in das Gehege der wilden Tiere. Dort wurden ein Löwe und ein Elefant aufeinander gehetzt, und ihrem Kampfe konnten wir zuschauen.

Als auch dies Schauspiel ein Ende genommen hatte, sprach der Kalif zu seinem Gast: »O Ubaidallah, ich habe dir hier viererlei Vorführungen bieten lassen. Welche davon hat dir am meisten gefallen?«

Ubaidallah: »Der Gesang der Särija.«

Der Kalif: »Du hast recht.«

In den Zeiten des Kalifen Mutass war die gute Gesellschaft Bagdads sehr kunstfreudig, ohne Dichter und Sänger, Sängerinnen und Tänzerinnen gab es keine vornehme Festlichkeit, und die soziale Stellung berühmter Künstler scheint im Vergleich mit der Stellung der großen Virtuosen der Neuzeit eine noch höhere, noch mehr begünstigte gewesen zu sein. Kalifen und Prinzen, Generäle und Staatsmänner dichteten, schrieben sich Briefe in Versen und schickten sich Einladungen in Versen. Der Held der obigen Erzählung, Stadtpräfekt Ubaidallah, hatte berühmte Verse auf den Tod seiner Mutter gedichtet. Harun Alraschîd schrieb einer Geliebten, die er in Rakka zurücklassen mußte, einen Brief in Versen und diese antwortete ihm in Versen, die sie sich von einem Hofpoeten hatte machen lassen. Auch andere Kalifen sind als Dichter aufgetreten. Der Gesangsvortrag bekannter Liebeslieder war die höchste Würze der vornehmen Geselligkeit jener Zeit.

Eine tapfere Frau

Hie Kufa! Hie Damaskus! Das waren die beiden Partei- und Schlachtrufe, in welche die islamische Welt sich teilte. In Kufa forderte des Propheten Schwiegersohn Ali, ein tapferer Degen, aber schlechter Diplomat, die höchste Herrschaft im neu geschaffenen Reich, in Damaskus der Usurpator Muâwija. Jener erlag dem Dolch eines Mörders, dieser entging ihm und gewann nun die Oberhand, die Alleinherrschaft. Der Name Ali's wurde bei dem öffentlichen Freitagsgebet in den Moscheen verflucht, seine Anhänger wurden auf die Proskriptionsliste gesetzt und im ganzen Reiche verfolgt und getötet.

Zur Partei Ali's gehörte auch Amr Ibn Alhamik vom Stamm Chusäa, ein tapferer Mann, der den Propheten gekannt und dann auf Ali's Seite in allen seinen Schlachten gekämpft hatte. Von den damascenischen Häschern verfolgt, irrte er lange Zeit flüchtig von einem Ort zum anderen, wurde aber dann eines Tages in Mosul zu einer Zeit, als er an Wassersucht leidend, schwer darnieder lag, ergriffen und entdeckt. Der dortige Statthalter, ein Verwandter des Tyrannen von Damaskus, ließ ihn in einer Höhle gefangen setzen, nach längerer Zeit ermorden, und schickte dann seinen Kopf nach Damaskus zu Muâwija. Das war das erste abgeschnittene Haupt, das im Islam von einer Stadt zur anderen geschickt wurde.

Die Witwe des Ermordeten, Frau Amine, war, von ihrem Mann getrennt, schon lange Zeit in Damaskus gefangen gehalten worden. Als nun das Haupt ihres Gemahls dort angekommen war, ließ Muâwija es zu ihr in den Kerker bringen, indem er zu seinem Boten sprach: »Wirf ihr den Kopf in den Schoß und merk dir, was sie sagt.« Als sie es sah, stieß sie einen Schrei der Verzweiflung aus, neigte sich über das blutige Antlitz und küßte es. Dann rief sie: »Wehe! Wehe! Lange habt ihr ihn in schmachvoller Gefangenschaft gehalten und nun bringt ihr mir ihn gemordet. Ein Willkommen ihm, den ich liebe und niemals vergessen werde. Sag Muâwija in meinem Namen: Möge Gott deine Kinder zu Waisen machen, möge er dir deine Verwandten entfremden und dir im jüngsten Gericht nicht deine Sünden vergeben.«

Mit dieser Botschaft ging der Bote zu Muâwija zurück. Darauf ließ dieser die Frau aus den Kerker holen und empfing sie im Beisein mehrerer seiner Hofleute. Unter diesen befand sich Ijäs Ibn Schurachbïl, ein Mann, der wegen seiner dicken Zunge auf beiden Seiten des Mundes sehr stark hervorstehende Mundwinkel hatte. Muâwija herrschte sie nun an: »Du Feindin Allah's, hast du das gesagt, was der Bote mir berichtet hat?«

Frau Amine: »Jawohl, ich leugne es nicht und entschuldige mich dessen nicht. Ich habe mit Inbrunst zu Gott gebetet, daß er meinen Fluch erfülle, und werde ihn fernerhin darum bitten, wenn Gott will. Über allen Menschen steht Gott als oberster Richter.«

Als nun Muâwija ihr befal, zu schweigen, nahm Ijäs Ibn Schurachbïl das Wort und sprach: »Laß sie doch töten. Sie verdient ebensosehr den Tod wie ihr Mann.«

Darauf sprach Frau Amine: »Was willst denn du da! Wehe dir«! Zwischen deinen Mundwinkeln sitzt ja etwas wie eine Kröte. Du reizest ihn, mich zu töten, wie er meinen Gemahl getötet hat. Sein Werk ist eitel Tyrannei.«

Über die Anspielung der Frau auf die zu großen Mundwinkel des Ijäs Ibn Schurachbïl lachte Muâwija und die ganze Hofgesellschaft, und Ijäs wurde über und über rot vor Verdruß. Muâwija machte nun der Szene ein Ende, indem er sprach: »Verlaß mich. Man soll mir nicht mehr melden, daß du noch in Syrien bist.«

Darauf die Frau: »Ich werde dich verlassen. Syrien ist nicht mein Vaterland, ich habe dort weder Verwandte noch Freunde, großes Unglück hat es mir gebracht. Ich kehre nie zu dir zurück, werde aber überall erzählen, was ich von dir denke.« Auf einen Wink von Muâwijas Hand wurde sie abgeführt. Er befahl dann, daß man ihr allerlei Schätze geben solle, in der Hoffnung und dem Wunsche, daß sie dann doch vielleicht Schweigen über ihn bewahren werde. Sie nahm einiges davon an und verließ sofort Damaskus in der Richtung nach Kufa, sollte es aber nicht mehr erreichen, denn als sie am dritten Reisetage nach Emesa kam, starb sie.

Ein Prozeß im Hause Abbâs

Abdallah Ibn Abbâs, ein rechter Vetter des Propheten, also ein Mann vom allerhöchsten Adel, lebte in Medina und kaufte sich dort eine Sklavin, eine braune Berberin. Diese gebar in seinem Hause in der Ehe mit einem seiner Hausklaven einen Sohn, der den Namen Salït empfing und in seinem Hause aufwuchs, kräftig und schmuck.

Nach Abdallah's Tode übersiedelte sein Sohn, Ali Ibn Abdallah, nunmehriger Chef des Hauses Abbâs, mit seinem ganzen Haushalt nach Damaskus, der Residenz des großen omajjadischen Kalifen Abdelmelik, und während dieser ganzen Zeit nahm Salït in seiner Familie die Stellung eines Hausklaven ein. Der Abbasside lebte ruhig unter dem Schutze Abdelmeliks, dessen Wink das große Reich von den Grenzen Chinas bis zum Atlantischen Ozean gehorchte. Als aber dieser gestorben war und sein Sohn Walïd den Thron bestiegen hatte, begannen die Schwierigkeiten.

Walïd haßte den Abbasiden, vielleicht nur deshalb, weil dieser ein Verwandter des Propheten war, also unter Umständen mit einem Anspruch auf seine Nachfolge, das Kalifat auftreten konnte, während er selbst – Walïd, nur ein Sohn von Usurpatoren war. Geheime Feinde machten sich nun an Salït, hetzten ihn auf, sich für einen echten Abbasiden auszugeben, indem sie ihm vorredeten: »Du gleichst dem Abdallah Ibn Abbâs in Schönheit und Gestalt.« Der Erfolg war, daß Salït öffentlich mit dem Anspruch auftrat, ein Sohn des Abdallah Ibn Abbâs zu sein und sich mit der Bitte um offizielle Anerkennung an den Kalifen Walïd wendete. Nach längeren Verhandlungen wurde Salïts Anspruch anerkannt, das Urteil dem Kalifen unterbreitet, und dieser verlieh ihm nun die Stellung eines Abbasiden als Bruder (Stiefbruder) des Ali Ibn Abdallah Ibn Abbâs.

Dieser Prozeß hatte aber noch einen zweiten zur Folge. Abdallah hatte ein großes Vermögen hinterlassen und von diesem forderte nun Salït als legitimer Sohn des Erblassers seinen Anteil. Der Prozeß kam durch einen Vergleich zum Austrag. Ali fügte sich in die Verhältnisse, behandelte den Salït als vollberechtigtes Mitglied seines Hauses, und damit schienen alle Schwierigkeiten beseitigt.

Eines Tages ging Ali, begleitet von Salït, nach dem vor den Toren von Damaskus gelegenen sogenannten Kamelkloster, in dessen Nähe er einen vier Morgen großen Garten besaß. In diesem Garten pflegte er oft und gern zu verweilen, um sich von der Luft und den Anstrengungen des Lebens in der großen Kalifen-Residenz zu erholen. Als nach einiger Zeit Ali den Garten verließ, um in die Stadt zurückzukehren, blieb Salït noch zurück, geriet dann – unbekannt aus welchem Grunde – mit den dort beschäftigten Arbeitern in Streit, es kam zu Tätlichkeiten, die Arbeiter erschlugen ihn und verscharrten seine Leiche in einem Winkel des Gartens.

Mittlerweile wartete in Damaskus die Mutter Salïts auf seine Rückkehr. Da er nicht kam, wurde sie unruhig, ging hinaus nach dem Garten, um nach ihm zu suchen, und erfuhr dort, daß man ihn hineingehen, aber nicht herauskommen gesehen habe. Voll Verdacht stürzte sie in die Stadt zurück direkt in den Palast des Kalifen Walïd und flehte ihn um Hilfe an.

Der Kalif: »Hast du irgend jemand wegen Mordes in Verdacht?«

Die Mutter Salïts: »Jawohl, den Ali Ibn Abdallah.«

Der Kalif: »Bringe mir irgendeine Person, welche bezeugen kann, daß sie Salït in den Garten hineingehen gesehen hat.«

Ein solcher Zeuge wurde herbeigeschafft. Der Kalif ließ darauf durch Kriminalbeamte den Garten untersuchen, ob sich dort eine Spur von Salït fände. Man grub die Erde des Gartens an mehreren Stellen auf, fand aber nichts. Dann aber sprach ein Gartenarbeiter: »Ihr müßt so tief graben, bis ihr auf das Wasser stoßt.« Das geschah nun auch, und nach verschiedenen vergeblichen Bemühungen fand man die Leiche.

Der Kalif ließ den Ali Ibn Abdallah kommen und fuhr ihn heftig an: »Bei Allah, wenn du ihn getötet hast, lasse ich dich auch töten.« Ali schwur, daß er ihn *nicht* getötet habe und mit seinem Tode in keinerlei Beziehung stehe. Trotzdem ließ der Kalif ihn einkerkern und schickte einen ausführlichen Bericht über die ganze Angelegenheit an die Bürgermeister und Richter der großen Städte, worin die Verdachtsgründe gegen Ali und die Zeugenaussagen mitgeteilt waren. Der damalige Statthalter von Medina, ein Vetter des Kalifen, schrieb ihm folgende Antwort: »Laß ihn prügeln, mit einem härenen Gewande bekleiden und so durch die Straßen von Damaskus paradieren.« Und so geschah es auch. Ali erhielt 61, nach anderer Version 100 Stockschläge, wurde in einem Armensünderhemd durch die Straßen paradiert und mußte dann in der prallen Sonne am Pranger stehen.

In dem Moment eilte ein Freund des armen Mißhandelten herbei, Abbäd Ibn Zijäd, ein Mitglied einer hochangesehenen, mächtigen Familie, warf sofort seinen Mantel über ihn, um ihn den Blicken des Pöbels zu entziehen, stürzte zum Kalifen und sprach: »O Emir der Gläubigen, Ali wird zu Unrecht des Mordes verdächtigt. Er ist ein viel zu vortrefflicher frommer Mann, als daß er imstande wäre jemanden zu töten.« Der Kalif ließ sich von ihm bestimmen, befahl mit der weiteren Vollstreckung des Urteils gegen Ali aufzuhören, verdammte ihn aber zur Verbannung auf Lebenszeit nach dem ödesten, heißesten, ungesundesten Orte seines ganzen Reiches, nach der Insel Dahlak im Roten Meer.

Mittlerweile erschien aber, als der Verurteilte bereits aus Damaskus herausgeführt war, ein neuer Fürbitter für ihn auf dem Plan, und zwar kein geringerer als der eigene Bruder des Kalifen, Prinz Sulaimân. Dieser sprach: »O Emir der Gläubigen, ruf den Ali zurück, schick ihn nicht nach Dahlak, halte ihn aber, wenn du willst, irgendwo gefangen.« Der Kalif gab ihm nach, schickte dem Ali einen Boten nach, und ließ ihn dort, wo der Bote ihn einholte, in das Gefängnis setzen. Und dort, in einem kleinen syrischen Städtchen, genannt Alfara, ist Ali geblieben, bis der Kalif Walïd starb und sein Bruder Sulaimân die Regierung antrat. Dieser befahl sofort seine Freilassung und setzte ihn in alle seine Ehren und Güter wieder ein. Nun verkaufte Ali jenen Unglücksgarten bei dem Kamelkloster vor Damaskus an eine omajjadische Prinzessin und ließ sich nieder in einem Städtchen des Transjordanlandes, wo er bis an sein Lebensende verweilte.

Die gute Tat Sulaimâns sollte ihre guten Früchte tragen, wenn auch späte. Wenige Jahrzehnte nach diesem Ereignisse zerbarst der Thron der Omajjaden, die Nachkommen eben dieses von ihnen mißhandelten Abbassidengeschlechtes hatten ihn vernichtet. Im Osten des Reiches hatten sie als Verwandte des Propheten einen Anspruch auf das Kalifat erhoben, unter ihrer Fahne große Heere gesammelt, welche bald das Reich überrannen, alle zahlreichen Mitglieder des Omajjaden-Geschlechtes verfolgten und töteten, die Gräber der Kalifen dieses Hauses überall schändeten und vernichteten, die Leichen herausrissen und ihre Gebeine in alle Winde zerstreuten. Mit einer Ausnahme. Im Archiv zu Damaskus hatten die Sieger einen Brief gefunden, den Sulaimân Ibn Abdelmelik als Kronprinz an seinen Bruder, den regierenden Kalifen Walïd geschrieben hatte, in dem er letzteren um Schonung für Ali Ibn Abdallah bat und darauf aufmerksam machte, daß Ali als ein naher Verwandter des Propheten doch ein Anrecht auf besondere Rücksicht habe. Dies war die Ursache, weshalb, während sämtliche Omajjadengräber vernichtet wurden, auf besonderen Befehl des siegreichen neuen Cäsaren aus dem Geschlechte Abbâs das Grab Sulaimâns zu Dabik, einem kleinen Orte Nordsyriens, unangetastet blieb.

Ein Kalifen-Testament und sein Erfolg

Abdelmelik Ibn Merwân, der Kalif in Damaskus aus dem Hause Omajja-Merwan, regierte um das Jahr 700 die ganze ungeteilte mohammedanische Welt mit einer Machtvollkommenheit und Machtsicherheit, wie sie wohl nur ganz selten, wenn überhaupt jemals in der Hand eines einzigen Sterblichen vereinigt gewesen ist. Als er zum Sterben kam, machte er ein politisches Testament und legte darin seinem Sohn, dem Thronfolger Walïd, ganz besonders drei Personen ans Herz. Seine Worte lauteten:

»Dem Ali Ibn Abdallah Ibn Abbâs erweise die ihm gebührenden Ehren und erkenne die ihm zustehenden Rechte an, denn er ist ein Enkel von des Propheten Onkel, und er ist zu uns nach Damaskus gekommen und hat sich in allem und jedem unserem Hause angeschlossen.

Deinen Bruder Abdallah, der seit langem Ägypten in mustergültiger Weise verwaltet, belaß in seinem Amte, und entferne ihn niemals daraus.

Deinen Onkel Muhammed Ibn Merwân, den tapferen Degen, der Mesopotamien regiert, belaß in seiner Stellung und erkenne all seine Ehren und Rechte an.«

Der Erfolg des Testamentes war, daß der neue Kalif Walïd, als sein Vater kaum die Augen geschlossen hatte,

seinen Bruder Abdallah, den Statthalter von Ägypten, absetzte;

seinen Onkel Muhammed Ibn Merwân aus Mesopotamien abberief und

das Haupt der Abbasidenfamilie Ali Ibn Abdallah zweimal öffentlich peitschen ließ.

Dank vom Hause Abbâs

Der Königsmacher der orientalischen Geschichte ist Abu Muslim. Als die Lebensuhr des damascenischen Kalifengeschlechtes abgelaufen schien, da erhob sich im Osten ein anderes Geschlecht, welches behauptete, daß die höchste Macht im Islam ihm gebühre. Nachkommen des Propheten in direkter männlicher Linie gab es nicht; diese neuen Thronprätendenten konnten sich dagegen auf direkte männliche Abstammung von einem Onkel des Propheten, auf Abbâs, den älteren Bruder von des Propheten früh gestorbenem Vater berufen. Ihr Kriegsmann war Abu Muslim, der in Chorasan ein mächtiges Heer sammelte. Als er dann den Zug nach dem Westen antrat, da zerschmolzen die Heere der Omajjaden vor ihm wie Schnee an der Sonne. In einem Siegeslauf von unerhörter Schnelligkeit überrann er alle Länder des Kalifats, vernichtete den Kalifenthron in Damaskus und errichtete einen neuen in Babylonien für den Ältesten des Abbassiden-Geschlechtes, Abbâs I. genannt *Der Schlächter*. Nur zwei Jahre konnte dieser Wüterich toben. Ihm folgte sein Bruder Mansür.

Abu Muslim wurde von der neuen Dynastie mit Dankesbezeugungen überschüttet; je mehr sich aber ihre Macht befestigte, um so mehr fingen sie an ihm zu mißtrauen, ihn zu fürchten und zu hassen. Denn hatte er die Macht gehabt, sie auf den Thron zu erheben, so hatte er vielleicht auch die Macht, sie wieder vom Thron zu stoßen. Außerdem war es ihnen unangenehm, diesem Mann so viel Dank schulden zu müssen. Daher sann Mansür, der neue Kalif, auf sein Verderben.

Abu Muslim war kein Hofmann. Er lebte fern vom Hofe inmitten seiner Heere, beständig an den Grenzen Kriege führend zur Mehrung der Herrlichkeit des Reiches. Alle noch so lockenden Einladungen zu einem Besuch bei Hofe lehnte er jahrelang ab. Als aber schließlich Mansür ihn persönlich in einem liebenswürdigen Schreiben zu einem Besuch bei sich auf eines seiner Schlösser einlud, da sollte sich sein Verhängnis erfüllen. Er nahm die Einladung an.

Als nun der Kalif mit Abu Muslim allein war, er ihn also ganz in seiner Gewalt hatte, warf er urplötzlich die Maske der Höflichkeit ab, und in wildem Hasse fuhr er ihn an mit den Worten: »Und du hast die Frechheit, öffentlich zu behaupten, daß du ein Abbaside seist, daß du von meinem Urahn abstammst und zu meiner kaiserlichen Familie gehörst!« Darauf antwortete Abu Muslim: »Die Quelle meines Wissens ist dein eigener Bruder Ibrahim. Als dein Geschlecht zuerst das Kalifat für Euch forderte und ich die ersten Kämpfe für Euren Anspruch führte, da sagte mir dein Bruder, ich sei Abderrahman Ibn Salït Ibn Abdallah Ibn Abbâs, und er fügte hinzu: Wenn Allah uns das Kalifat verleiht und die ungläubige Dynastie der Omajjaden vernichtet, dann werden wir dir ein Mädchen aus unserer Familie zur Frau geben, die Prinzessin Umm Ali, die Tochter des Ali Ibn Abdallah Ibn Abbâs.«

Der grimme Mansur erklärte dies alles für Lug und Trug. »Du und ein Verwandter meines Hauses! Du bist der Sohn eines niedrigen Barbaren in Ispahan.« Er fuhr fort, den armen Abu Muslim mit groben Worten zu beschimpfen, er warf ihm allerlei Anschuldigungen ins Gesicht, die gänzlich unbegründet waren. Dann verschwand er.

Abu Muslim hat das Schloß nicht mehr lebend verlassen.

Das war der Dank vom Hause Abbâs.

Ersatz für Rosenblätter

Eines Tages hielt Seine Majestät der Kalif Mutawakkil ein Trinkgelage mit seinen Günstlingen im Schlosse Barkuwärä. Zu den Jahresfesten, welche seine Vorfahren aus dem persischen Osten entlehnt hatten, gehörte *das Rosenfest*, genannt Schâdkulâh, d. h. Die glückselige Krone, womit die Krone der ältesten Könige Persiens, der Kajaniden gemeint war. Ihrem Andenken und ihrer Verherrlichung war das Rosenfest gewidmet, an dem Rosen in ungeheuren Massen verbraucht wurden. Alles und jedes wurde mit Rosen bekränzt, Rosen wurden in alle Richtungen verstreut, und Rosenblätter wirbelten umher mit den Winden.

In einer Cäsarenlaune sprach Seine Majestät zu seinen Zechbrüdern: »Meint ihr, daß wir das Rosenfest feiern können zu einer Zeit, wo es keine Rosen gibt?«

Die Hofleute: »O Fürst der Gläubigen, Rosenfest ohne Rosen, das gibt's nicht.«

Der Kalif: »Das wollen wir doch mal sehen.«

Er ließ darauf den Münzmeister Ubaidallah Ibn Jachja rufen und sprach zu ihm: »Präge mir Dirhems vom feinsten Silber, vom allergeringsten Gewicht und in Form von Blättchen so dünn wie Papier.«

Der Münzmeister: »In welchem Betrage, o Fürst der Gläubigen, sollen diese Dirhems ausgeprägt werden?«

Der Kalif: »Fünf Millionen.«

Ubaidallah machte sich nun an die Arbeit. Als er Seiner Majestät melden konnte, daß die Prägung vollendet sei, befahlen ihm dieselben: »Färbe einige davon rot, andere gelb, andere schwarz, und laß andre wie sie sind.« Das geschah.

Ferner befahlen Majestät den sämtlichen Hofbeamten und Lakaien, siebenhundert an der Zahl, daß sie sich alle herrliche neue Hofgewänder und Turbane anschaffen sollten, alle möglichst verschieden in der Farbe. Es sollte dem Fest ein möglichst farbenbuntes Aussehen verliehen werden. Und auch das geschah. Nun wählten Seine Majestät einen Tag, an dem ein außerordentlich heftiger Wind wehte. Dann ließen sie ein sehr geräumiges Zelt aufstellen, in dem vierzig Türöffnungen vorhanden waren, so daß der Wind überall frei aus und einpassieren konnte. Hier hielt Majestät sein Gelage ab, umgeben von seinen Hofleuten und bedient von den Dienern in den vorgeschriebenen neuen Uniformen. Alsdann gab er einen Wink, und nun wurden Tausende und Tausende von Dirhems ausgestreut und vom Winde hin und her gewirbelt, wie sonst, wenn das Fest in der Rosenzeit gefeiert wurde, Rosen ausgestreut zu werden und Rosenblätter im Winde umherzuwirbeln pflegten. Die dünnblätterigen bunten Dirhems flogen vor dem Winde weithin zwischen Himmel und Erde einher, bunt glitzernd im Sonnenlicht und leicht, als wären es Rosenblätter.

Majestät waren über ihre geistreiche Erfindung hoch erfreut, außerordentlich gnädig und heiter. Es war wohl einer der vergnügtesten Tage in ihrer Cäsarenherrlichkeit.

Ein Kostümfest bei Hofe

Im Kalifenschloß zu Samarra ging es hoch her. Es war Nauros, d. h. Neujahrsfest, das mit einem glänzenden Kostümfest begangen wurde. Tausende von Personen, Hofleute und geladene Gäste wogten durch die glänzend erleuchteten, von goldenem Mosaik strahlenden Festsäle des Palastes, mitten unter ihnen Seine Majestät Kalif Mutawakkil, der in einem goldgestickten Mantel von schwerem Brokat mit langer Schleppe einherschritt. Das Gedränge war so groß, daß die Gäste bis in die nächste Nähe seiner geheiligten Person gerieten, und da Majestät ab und zu Goldmünzen über die Menge auswarfen, so kam es vor, daß die danach haschenden seinen Mantel berührten, an dem Mantel zerrten und ihm gar auf die Schleppe traten.

Als der große Hausmaier Isaak Ibn Ibrahim der Tahiride, der Hüter der Würde des Kalifenhauses, der soeben aus Bagdad zur Teilnahme an dem Feste herbeigeeilt war, diesen Zustand gewahrte, ergrimmte er und sprach zu seiner Umgebung: »Pfui über die Gesellschaft, über diese Drängelei! Bei solchem Unfug ist der Schutz, den wir für die Person des Kalifen angeordnet haben, gänzlich ungenügend.« Da er im Augenblick nichts ändern konnte, verließ er zornig die Suite des Kalifen, ging fort und wandte sich dem Ausgang zu.

Als Majestät den Isaak in der Suite vermißten, sprachen sie: »Zum Kuckuck, wo ist denn Abulhusain d. i. Isaak? Er war doch eben da. Lauft schnell und bringt ihn wieder her.« Isaak hatte mittlerweile das Schloß schon verlassen, nun aber rannten die Kammerherren und Lakaien hinter ihm her und baten ihn flehentlich umzukehren. Als Isaak dann wieder das Schloß betrat, begegnete er den beiden Kommandanten der Schloßgarde, Wasïf und Surära und machte ihnen die gröbsten Vorwürfe wegen ihrer mangelhaften Fürsorge für die persönliche Sicherheit des Kalifen.

Isaak erschien wieder in der Suite. Sofort wendete sich der Kalif zu ihm um und sprach: »Was hat dich denn vorhin so erbost, daß du fortgerannt bist?«

Isaak: »O Fürst der Gläubigen, glaubst du vielleicht, daß deine Dynastie nicht ebensoviel Feinde hat wie Freunde? Du hältst hier ein Fest in einem Gedränge, wo verräterische Buben sich an dich herandrängen und sogar an deiner Schleppe zerren können. Alle sind verkleidet und vermummt, so daß man sie schwer erkennt. Wie sind wir davor sicher, daß nicht irgendein frommer Fanatiker Allah damit einen Dienst zu erweisen wähnt, daß er sich an dich herandrängt und ein Attentat auf deine geheiligte Person begeht? So etwas wäre auch dann noch nicht ausgeschlossen, wenn du dein ganzes Reich von deinen Feinden säubertest.«

Darauf sprachen Seine Majestät: »O Abu Husain, zürne mir nicht. Du hast recht. Du sollst mich nie wieder in einer solchen Lage sehen.« Nun ließ er in dem großen Hauptsaal auf einer erhöhten Estrade einen vornehmen Thronsitz erbauen, und von hier aus schaute er, in der Folgezeit umgeben von Pagen und Garden, allen Versammlungen und Festlichkeiten des Hofes zu.

Auf goldenem Throne

Der Kalif Mutawakkil war ungemein bauwütig. Er soll neunzehn Paläste und Schlösser mit einem Aufwande von vielen Hunderten von Millionen erbaut haben, unter ihnen als einen der herrlichsten einen Palast, der *Alburdsch* d. i. *Der Thurm*, genannt wurde. Er ließ darin ein großes Bildwerk aus Gold und Silber an bringen, auch einen großen Teich, dessen Seitenwände und Boden er mit silbernen Platten belegen ließ, und an dem Teich ließ er einen Baum aus Gold aufstellen, dessen Kronen mit Juwelen bestreut waren und in dessen Zweigen verschiedene Arten von Vögeln zwitscherten und pfiffen. Diesen Bau nannte er *die Glückseligkeit*.

Auch wurde ihm ein großer Thron aus Gold errichtet, an dem die Figuren zweier großen Löwen angebracht waren, und die zum Thron hinaufführenden Stufen waren bedeckt mit den Figuren von Löwen, Adlern und anderem Getier nach dem Vorbilde von Salomos Thron, wie er in der Literatur beschrieben wird.

Die Mauern des Schlosses waren inwendig und draußen mit vergoldetem Mosaik und Marmor bekleidet. Die Kosten dieses Baus beliefen sich auf 170 000 Denare.

Als der Kalif zum erstenmal auf diesem goldenen Throne Platz nahm, war er bekleidet mit gestickten Gewändern aus schwerer Seide, und befahl, daß ein jeder Gast, der vor ihm erscheinen würde, in gewebten Stickerei-Gewändern oder in reiner Brokatseide gekleidet sein solle.

Die Einweihung des Thrones wurde im Jahre 239 mit einem großen Gastmahl gefeiert, zu dem die Hofleute und persönlichen Bekannten des Kalifen sowie die berühmtesten Sänger und anderweitigen Künstler eingeladen waren.

Während nun alle Welt mit dem Mahl beschäftigt war, wurde der Kalif von einer starken Schlafsucht überfallen, konnte sich ihr aber nicht hingeben. Der alte Minister, Alfatch Ibn Chäkän, der es bemerkte, sprach zu ihm: »O mein Gebieter, dies ist wirklich kein Tag zum Schlafen.« Mutawakkil kämpfte gegen die Müdigkeit an, indem er sich auf das Trinken legte, aber soviel er auch trank, seine Müdigkeit wurde immer größer und das Fest dauerte bis in die

Nacht hinein. Aber auch nach dem Ende des Festes konnte der Kalif absolut keinen Schlaf finden. Er ließ sich Veilchenöl kommen, tröpfelte es sich auf den Kopf und roch daran. Aber auch das half nichts.

So verbrachte er schlaflos noch drei Tage und Nächte, danach verfiel er in ein heftiges Fieber. Nun ließ er sich aus dem neuen Palaste fort in einen von seinem Bruder und Vorgänger Wäthik erbauten Palast schaffen und blieb dort in schwerer Krankheit sechs Monate lang. Als er einigermaßen wieder hergestellt war, ließ er den Palast Alburdsch zerstören, weil er in ihm krank geworden war, und alle dort angebrachten Ornamente aus Edelmetall ließ er zu Münze prägen.

Die drei größten Feste des Islams

Im Monat Muharram des Jahres 165 fand zu Bagdad in dem Palaste, genannt Alchuld, d. i. *die Ewigkeit*, die Vermählung des Kronprinzen Harun Alraschid mit seiner Kusine, der Prinzessin Umm Djafar, genannt Zubaide statt. Die Hochzeitsgeschenke der jungen Braut waren von einer Pracht, dergleichen niemals eine fürstliche Braut bekommen hatte, Kästen voll von Edelsteinen und Perlen und Geschmeide allerlei Art, Kronen und Kränze von Gold und Silber, die kostbarsten Möbel und Zimmereinrichtungen, die erlesensten Wohlgerüche und kunstsinnig hergestellte Gewänder. Der Kalif schenkte ihr ein historisches Hofkleid, das einstmals eine omajjadische Prinzessin in Damaskus, die Gemahlin des großen Kalifen Hischâm geschmückt hatte. In dem Kriege, der den Kalifenthron in Damaskus stürzte und denjenigen in Bagdad errichtete, war es als Beutestück in den Kunstschatz der Familie Abbâs gelangt. Es war berühmt durch seine Verzierung mit den größten und schönsten Perlen, die man je gesehen hatte. Ferner trug die junge Braut über Nacken und Brust zwei große Reihen von roten Rubinen, und im Haar sowie an den Händen und in allen Teilen ihrer Gewandung die herrlichsten Perlen.

Zur Hochzeit waren die vornehmsten Personen aus allen Teilen des Reiches eingeladen. Sie wurden reichlich beschenkt, mit silbernen Bechern voll goldener Denare, mit goldenen Bechern voll silberner Dirhems, mit Kristallschalen voll Moschus, Ambra und anderen Parfüms, ferner mit Prachtgewändern aus den kostbarsten Stoffen mit eingewebten Ornamenten aller Art. In der Hochzeitsnacht brannten im Palaste Ambrakerzen auf goldenen Leuchtern. Die Hochzeit kostete dem Kalifen 50 Millionen Dirhems, und außer diesen hatte auch der junge Ehemann Harun aus Eigenem noch hohe Summen zugesteuert.

Die junge Ehefrau hieß eigentlich Amat-Alasïs, d. i. die Dienerin des Allmächtigen, wurde aber Zubaide, d. i. *Butterklümpchen* genannt. Ihr Großvater, der große Kalif Mansür, hatte sich von ihr, als sie ein kleines Mädchen war, oftmals etwas vortanzen lassen, und da sie fett und rundlich war, sagte er zu ihr: »Du bist mein kleines Butterklümpchen, du bist mein kleines Butterklümpchen.« Und dieser Name ist ihr im Leben und in der Geschichte geblieben. Gegenwärtig erinnert an sie noch ein Turm unter den Ruinen von Bagdad, der als das Grabmal der Zubaide bezeichnet wird.

II

In blutigem Bruderkriege hatte Mamûn, Sohn des Harun Alraschid, die Krone erstritten. Während er siegreich in Bagdad einzog, ertrank sein Bruder Emïn auf der Flucht vor ihm in den Fluten des Tigris. Derjenige, der in dieser Zeit alle Schritte des Siegers durch klugen Rat geleitet hatte und späterhin das große Reich für ihn verwaltete und zusammenhielt, sein Großwesir, sein Reichskanzler, war ein Staatsmann persischen Stammes, der Hasan Ibn Sahl genannt wurde. Dies Verhältnis zwischen den beiden Männern fand seinen äußeren Ausdruck darin, daß der Fürst, Kalif Mamûn, die Tochter seines Kanzlers, namens Burân, heiratete.

Die Hochzeit fand statt im Monat Ramadän des Jahres 210. Der Bräutigam hatte für seine Braut ein besonderes Lustschloß am Ufer des Tigris südlich von Bagdad erbauen lassen und mit dem größten Luxus ausgestattet, und dort, in Fam-Alsilch, wurde die Hochzeit gefeiert, zu der zahllose Gäste aus Nah und Fern eingeladen waren. Die gesamten Kosten wurden von dem Kalifen-Witwe, der Gemahlin des Harun Alraschid, von Zubaide, getragen und wurden auf 35–37 Millionen Dirhems geschätzt.

Als der Ehekontrakt geschlossen wurde, schenkte Mamûn seiner Burân einen Brautschatz von hunderttausend Denaren und fünf Millionen Dirhems. In der Hochzeitsnacht erstrahlten all die weiten Räume des Lustschlosses auf dem hohen Tigris-Ufer in Tausenden von Flammen. Im besonderen brannten vor der Braut drei große Ambrakerzen. Als diese aber einen zu starken Rauch verbreiteten, befahl die Kaiserin-Witwe: »Es ist nun genug der Prachtentfaltung. Nehmt die Ambrakerzen weg, und bringt die Wachskerzen her.« Als schließlich der Krönungsmoment der ganzen Feier herankam, als das junge Weib im Kreise der nächsten Blutsverwandten vor ihrem künftigen Gemahl entschleiert wurde, da bereitete er ihr eine ganz seltene Überraschung. Er hatte in dem Brustlatz seines bauschigen Gewandes eine große Anzahl der schönsten großen *Perlen* verborgen. Diese streute er nun über das Haupt seiner jungen Gemahlin aus, so daß viele in ihrem Haar, ihren Schleiern und Gewändern hängen blieben, während viele andere auf das *von Gold strahlende Parkett* hinabrollten und sich dort nach allen Seiten ausbreiteten. Freudiges Staunen auf allen Seiten! Da sprach Mamûn zu Burân: »Erweise den Perlen die Ehre, dich ihrer zu bedienen.« Darauf streckte sie ihre Hand aus und nahm sich eine einzige davon, die übrigen wurden den Verwandten überlassen. Der Kalif zitierte in diesem Moment angesichts der auf dem Goldparkett liegenden Perlen einen Vers des großen Dichters Abu Nuwäs, der in einem Weinliede die weißen Bläschen, die im goldenen Wein aufsteigen, beschreibt als wären es

>»Kleine Perlenkiesel auf einem Parkett
von Gold.«

Frau Burân hat als glückliche Kaiserin ihren Gemahl lange überlebt. Sie wurde 80 Jahre alt und ihr Tod wurde von dem Kalifen jener Zeit Mutamid in warm empfundenen Versen beklagt.

III

Der Kalif Mutawakkil ließ für einen seiner noch minderjährigen Söhne, den er zum Thronfolger bestimmt hatte und der später als Kalif den Namen Mutass führte, einen prachtvollen Palast bauen, und hier wurde, als der Prinz sieben Jahre alt geworden, aus Anlaß seiner Beschneidung ein großes Fest gefeiert.

Einer der Wesire wurde mit der Vorbereitung und Leitung des Festes beauftragt. Als dieser nun zunächst für die 100 Ellen lange und 20 Ellen breite Festhalle einen geeigneten Teppich suchte, war ein solcher unter allen Schätzen der Abbasiden nicht aufzutreiben, nach längerem Suchen fand sich aber einer von entsprechenden Maßen in der Kriegsbeute, welche im Vernichtungskampfe gegen ihre Vorgänger im Kalifat, die Omajjaden in Damaskus, erbeutet war, ein wunderbarer Teppich aus schwerer Seide, goldgestickt, mit Rand und Futter versehen, der einstmals dem Kalifen Hischäm Ibn

Abdelmelik gehört hatte. Mutawakkil staunte über das Kunstwerk, und als er Teppichhändler kommen ließ und nach seinem Wert befragte, schätzten sie es im Mittel auf 10 000 Denare. Der Teppich wurde in der Halle ausgebreitet und auf der Stirnseite desselben ein Thronsessel aufgestellt. Vor dem Thron wurden in langen Reihen goldene, mit Edelsteinen verzierte Tablette, die mit Ornamenten aus Ambra, Kampfer und anderen kostbaren Substanzen geschmückt waren, aufgestellt.

Eingeladen zu diesem Hoffeste waren die Prinzen des kaiserlichen Hauses, die Hof- und Staatsbeamten, die berühmtesten Gelehrten und Dichter, ferner die hervorragendsten Künstler, Virtuosen, Sänger und Sängerinnen mit ihrer Begleitung.

Das Fest begann am Mittage. Der Kalif und seine Suite nahmen ihre Plätze ein. Dann wurden die geladenen Gäste in den Saal geführt, defilierten vor dem Throne und bekamen von den Hofbeamten ihrem Range gemäß die Plätze angewiesen. Zwischen den Gedecken von je zwei Personen war ein Zwischenraum, in dem die Hofbeamten passierten und Körbe, die zur Hälfte mit Denaren, zur Hälfte mit Dirhems angefüllt waren, aufstellten. Neben den Gästen standen Lakaien, welche sie bedienten, sie aufforderten zu essen und zu trinken und von dem Gelde drei Handvoll, soviel beide Hände faßten, zu nehmen. Im Laufe des Tages nahm nun mancher von dem Gelde, barg es in seinem Brustlatz, ging hinaus, übergab es seinen draußen wartenden Dienern, und kehrte dann auf seinen Platz im Festsaal zurück. Wenn auf diese Weise in den Geldkörben hier und da eine Ebbe entstanden war, erschienen Kammerherren und füllten die nötigen Denare und Dirhems nach. Außerdem verlieh der Kalif allen Anwesenden kostbare Festkleider, und für ihre und ihrer Diener Heimkehr waren Pferde als Geschenke bereitgestellt. In den Höfen des Palastes auf allen Seiten der Festhalle bewegten sich junge Mädchen, bekleidet mit den kostbarsten Gewändern, welche in schönen Körben alle Arten von Früchten, Orangen, syrische Äpfel, ferner Bukette von Narzissen und Veilchen, obwohl alle diese Dinge gerade in jener Jahreszeit sehr rar, sehr schwer zu beschaffen waren, zur Verfügung der Festgäste hielten. Und auch das unterste Hofpersonal, Lakaien, Köche und andere sollten nicht leer ausgehen. Auf Befehl des Kalifen hatte der Festleiter an einer Stelle den Betrag von 20 Millionen Dirhems ausgebreitet. Er führte die Leute heran. Zunächst wagte keiner etwas davon zu nehmen, als dann aber der Festleiter die Hand ausstreckte und einen Dirhem nahm, da stürzten sie alle darüber her und das ganze Gold wurde zur Beute.

Zur weiteren Verherrlichung des Festes schenkte der Prinz 1000 Sklaven die Freiheit und jedem einzelnen 100 Dirhem und drei Gewänder. Die Frau des Kalifen und Mutter des Prinzen hatte Dirhems prägen lassen mit der Aufschrift *Segen von Allah zur Beschneidung des Abdallah Allmutass-billah.* Eine Million davon wurde geprägt und über das niedere Hofpersonal, Weiße wie Schwarze, verteilt.

Der Kalif gewährte einem berühmten Gelehrten, genannt Jachja Ibn Chäkän, eine besondere Auszeichnung. Jachja war dafür bekannt, daß er niemals Wein trank. Er und sein Sohn Ubaidallah, der damals Wesir war, standen unter den Beamten, als der Kalif auf sie zutrat und zu Ubaidallah sprach: »Nimm einen von diesen Bechern, fülle ihn mit Wein, leg eine Serviette auf deine Schulter und kredenze ihn deinem Vater.« Also geschah es. Der Vater sah seinen Sohn verwundert an, da aber sprach der Kalif: »O Jachja, lehne den Becher nicht ab.« Darauf leerte Jahja den Becher und sprach zum Kalifen: »Groß, o Fürst der Gläubigen, ist deine Gnade gegen mich und mein Geschlecht. Gott möge deiner Majestät viel Segen schenken und uns für alle Zeit deine Gnade erhalten.« Darauf erwiderte der Kalif: »O Jachja, mein Wunsch war nur der, daß man sollte erzählen können, *daß dich am Fest der Beschneidung eines Kronprinzen ein Wesir in Gegenwart eines Kalifen bedient habe.*«

Nach dem Feste ließ der Kalif einen seiner Finanzbeamten kommen und befahl ihm die Rechnung über die Kosten der Beschneidungsfeier aufzustellen und ihm einzureichen. Die Rechnung belief sich auf 86 Millionen Dirhems.

Der Hofnarr und der Kadi von Damaskus

Abbade war der Sohn eines der Köche Seiner kalifischen Hoheit Prinz Mamûn, des Sohnes und Nachfolgers von Harun Alraschid. Von seinem Vater in die edle Kochkunst eingeführt, wurde er in der Küchenregion des Palastes bald eine berühmte Persönlichkeit, freilich nicht durch seine Kochkunst, sondern durch seinen schlagfertigen, oft sehr boshaften, aber stets amüsanten Witz. Und so kam es, daß sein Ruf aus der Küche in die goldstrahlenden Säle des Prinzen hinaufstieg, daß der Prinz sich ihn kommen ließ, Gefallen an ihm fand und ihn, sozusagen, in seinen Hofstaat aufnahm. Abbade trug nun feine Kleider und war über Nacht ein großer Mann geworden. Der Prinz schickte ihn sogar zu seiner Schwester, der Prinzessin Zubaide, die ebenfalls großes Wohlgefallen an ihm fand, ihn oft bei sich empfing und allemal reichlich beschenkte.

Abbade diente als Hofnarr unter vier Kalifen, unter zweien in voller Gunst, unter zweien mit dem Ergebnis, daß er infolge seiner losen Streiche und Unverschämtheiten in die Verbannung geschickt wurde.

Der Kalif Mamûn hatte eines Tages den geistreichen Einfall zu befehlen, daß ein jeder seiner Kumpane einen Topf mit Fleisch kochen, und derjenige, dessen Gericht den schönsten Duft habe, einen Preis bekommen sollte. Bei der ersten Probe verbreitete nun der Topf seines Sohnes und Nachfolgers Mutassim den schönsten Duft. Als gelernter Koch war Abbade auf den Erfolg des Prinzen neidisch, machte sich vertraulich an ihn und empfahl ihm, noch die und die Ingredienzen hineinzutun. Der Prinz ging in die Falle. Nachdem er den Rat Abbades befolgt hatte, verbreitete sein Topf einen derartigen Gestank, daß der Kalif ganz ärgerlich würde. Prinz Mutassim war der Blamierte. Als er aber dann bald darauf Kalif wurde, rächte er sich dadurch an Abbäde, daß er ihn nach Mosul in die Verbannung schickte.

Dort sollte es ihm nicht gut gehen. Seine Schulden, seine Gläubiger, deren er viele hatte, waren ihm von Bagdad nach Mosul gefolgt, und schleppten ihn dort vor den Richter. Außerdem hatte er aus einem dortigen Kloster einen jungen Mönch entführt und zu einem schlechten Lebenswandel verleitet, weshalb die Mönche des

Klosters ihm überall auflauerten und auf sein Verderben sannen. Genug, er mußte schleunigst fliehen und für längere Zeit sein Heil in der Verborgenheit suchen. Indessen, die Kalifen wechselten ziemlich schnell, und einer der folgenden berief ihn zurück an den Hof und setzte ihn in seine frühere Stellung wieder ein.

Ein hoher Staatsbeamter unter dem Kalifen Mutawakkil erzählte, er sei eines Tages im Vorzimmer des Palastes gewesen in Erwartung einer Audienz bei Seiner Majestät. Da sah er, wie plötzlich ein Mann mit ganz rotem Kopf und verstörtem Gesicht in ersichtlich großer Aufregung aus dem Empfangszimmer des Kalifen heraustrat, der Herr Musa Ibn Abdelmelik, der Großrichter von Damaskus, und hörte, wie er im Fortgehen zu seinem Diener sprach: »Du, geh sogleich in das Haus des Abbäde, bring ihm tausend Dirhem und sag ihm, er möchte doch in Zukunft seinen Schnabel halten.« Hinterher wurde bekannt, was drinnen bei dem Kalifen vorgefallen war.

Musa, der Richter von Damaskus, war zur Audienz beim Kalifen befohlen. Als er den Empfangsraum betrat, fand er den Kalifen auf einer Erhöhung über dem Park der wilden Tiere sitzend und vor ihm den Hofnarre Abbäde, der den Kalifen mit seinen Witzen unterhielt, worüber dieser unmäßig lachte. Der Kalif wendete sich nun an Musa mit den Worten: »O Musa, der Mensch da macht mir mit seinen Witzen wirklich Kopfschmerzen. Was befreit mich davon?«

Musa: »O Fürst der Gläubigen, laß ihn den Löwen da unten vorwerfen.«

Der Hofnarr: »Gut, o Fürst der Gläubigen, laß mich den Löwen vorwerfen, den Herrn Musa aber bestimme für die Löwen von Damaskus. Vielleicht kommen dann die Schätze wieder heraus, die er als Richter von Damaskus erpreßt hat.«

Musa erblasste und war wie vom Donner gerührt. Der Kalif war guter Laune. Er ging auf die Sache nicht ein. Kurz darauf wankte Musa zitternd am ganzen Leibe aus dem Empfangsraum hinaus, in eitel Angst vor dem Hofnarren, dem er daher mit jenen tausend Dirhem den Mund zu stopfen gedachte.

Sängerin und Dichter

Der lebenslustige, liebesbedürftige Dichter Abdallah Ibn Alabbâs hatte sich einmal in ein christliches Mädchen verliebt, das er in folgenden Versen besang:

»Ein Bild von einem Mädchen in einer Kirche
          hat es mir angetan.
Möge Allah es demjenigen antun,
          der sie so schön gebildet hat!
Der Künstler, der sie geschaffen hat,
          hat ihren Reizen noch das hinzugefügt,
Daß er sie als Christin in die Welt gesetzt hat.«

Zu diesen Versen hatte der Dichter zugleich eine schöne Melodie komponiert. Eine berühmte Sängerin jener Zeit, namens Masabïch, die Sklavin des Ahdab Almukajjin, pflegte dieses Liedchen oft vorzutragen, wie sie auch viele andere Lieder von Abdallah in ihren Vorträgen zu Gehör brachte. Sie kannte seine Gedichte und Kompositionen besser als alle anderen Sängerinnen Bagdads, war außerdem ein schönes Weib und eine ausgezeichnete Künstlerin. Begreiflich daher, daß Abdallah sehr in sie verliebt war. Eines seiner Lieder lautete:

»Kredenzt mir am Palmsonntag einen Wein,
          der lange gelagert hat in Kirkîn,
in Gesellschaft von Menschen, an denen mein Herz
hängt,
          wenn sie auch eine andere Religion haben als die meinige.«

Abdallah hatte auch die Musabïch in besonderen Gedichten besungen. Diese zitierte und sang er ihr vor, so daß sie den Vortrag direkt von ihm selbst erlernen konnte.

Nun entstand eines Tages ein Zerwürfnis zwischen Dichter und Sängerin. Sie zürnte ihm wegen irgend einer Äußerung, die er über sie getan haben sollte und die ihr hinterbracht war. Da er nun sehr wünschte sie zu versöhnen, sie aber nichts mehr von ihm wissen wollte, schrieb er ihr einen Brief, in dem er ihr schwor, daß er nichts von dem, was sie verletzt habe, getan oder gesagt habe, und denjenigen verfluchte, *der den Unfug angestiftet hatte*. Sie antwortete ihm darauf nur in der Weise, daß sie ihm seinen Brief zurückschickte, aber hinter den Fluch über denjenigen, *der den Unfug angestiftet hatte*, das Wort Amen hinzugefügt hatte, indem sie auf diese Weise ihre Übereinstimmung und Wiederversöhnung mit ihm zu erkennen geben wollte. Darauf antwortete er ihr mit folgendem Verse:

> »Über die Antwort, die du mir gegeben, werde ich
> mich
> freuen, solange ich lebe.
> Dasjenige Wort aber – in deiner Antwort, das mich am
> meisten erfreut hat, ist Amen.«

Und die Freundschaft war wiederhergestellt.

Der Kalif und der Abt

Ein Hofmann des Kalifen Mutass erzählte das folgende:

Der Kalif Mutass ritt eines Tages auf die Jagd, wurde aber durch einen Zufall von seiner Suite getrennt und befand sich schließlich allein mit dem Hofmann Alfadl und dem ihm nah befreundeten Prätorianerobersten Jünus Ibn Bughä in unbekannter Gegend. Da er nun anfing über Durst zu klagen, sprach Alfadl zu ihm: »O Fürst der Gläubigen, ich kenne hier irgendwo ein Kloster, dessen Abt mir sehr befreundet und der ganz wohnlich eingerichtet ist. Wenn es Eurer Majestät gefällt, wollen wir uns ihm zuwenden.« Der Kalif war einverstanden.

Als wir das Kloster erreichten, begrüßte uns der Abt, empfing uns auf das beste, brachte uns schönes kühles Wasser, mit dem wir unseren Durst stillten. Dann forderte er uns auf, bei ihm abzusteigen und sprach: »Kühlt euch bei uns ab und wir werden euch vorsetzen, was das Kloster vermag. Dann könnt ihr euch erholen.« Dem Kalifen gefiel die Neuheit der Situation. Er sprach: »Gut, kehren wir bei ihm ein.« Darauf stiegen wir ab von unseren Pferden und betraten das Kloster.

Bald darauf – so erzählt Alfadl – nahm mich der Abt beiseite und fragte mich, wer die beiden Herren, der Kalif und Jünus wären, worauf ich ihm sagte, es seien Offiziere von der Armee. Er aber sprach: »Nicht doch, das sind himmlische Wesen, die ihrer Heimat entronnen sind.«

Alfadl: »Das entspricht doch nicht deiner Religion und deinem Glauben.«

Der Abt: »Doch, das ist jetzt meine Religion und mein Glaube.« Der Kalif, der das Gespräch überhörte, lachte. Dann brachte uns der Abt Brot, Schnitten von Fleisch und Obst und was sonst in einem Kloster vorrätig zu sein pflegt, feine Speisen auf feinem Tischgerät.

Nachdem wir nun gegessen und uns die Hände gewaschen hatten, sprach der Kalif zu mir: »Sag' dem Abt, wenn du ihn allein hast: ›Wen von den beiden Herren möchtest du wohl beständig um dich haben?‹ Ich, Alfadl, sagte ihm das, worauf er sofort erklärte: ›Alle beide, und das nötige dazu.« Darüber lachte der Kalif, der es gehört hatte, sodaß er sich krümmte. Dann sprach ich zum Abt: »Nein, das geht nicht, du mußt wählen.«

Der Abt: »Hier zu wählen ist ganz unmöglich. Allah hat keinen Verstand erschaffen, der imstande wäre zwischen diesen beiden zu unterscheiden.«

Mittlerweile hatte die Suite des Kalifen uns eingeholt, und nun wurde dem Abt beim Anblick der glänzenden Reiterscharen angst und bange; der Kalif aber sprach zu ihm: »Bei meinem Leben, die Freundschaft, die wir miteinander geschlossen haben, soll niemals aufhören. Bei jenen dort – auf die Suite hinzeigend – bin ich Herr, hier unter uns bin ich Freund.« Wir blieben dann noch eine Zeitlang bei dem Abte im Gespräch mit ihm sitzen.

Zum Abschied befahl der Kalif, daß dem Abt 50 000 Dirhem überreicht werden sollten.

Der Abt: »Die kann ich aber nur unter einer Bedingung annehmen.«

Der Kalif: »Und was ist das für eine?«

Der Abt: »Daß ich Eure Majestät einladen darf zusammen mit guten Freunden von mir.«

Der Kalif: »Zugestanden.«

Sodann verabredeten wir uns über einen Tag, an dem wir ihn besuchen wollten, ganz wie er gewünscht hatte. Er empfing uns unter seinen Gästen, auch ließ er Christenkinder kommen, die uns auf das anmutigste bedienten. Der Kalif war so froh, wie ich ihn sonst nie gesehen und schenkte dem Abt an diesem Tage viel Geld. Allemal, wenn er später durch diese Gegend kam, ließ er sich von dem Abt bewirten, solange er lebte.

Der Kalif am Palmsonntag im Kloster

Der Kalif Almamûn gelangte auf einem Zuge nach Damaskus zu dem Oberen Kloster in Mosul und nahm dort für einige Tage Quartier. Auf einen dieser Tage fiel das Palmsonntagsfest, und hierüber haben wir folgende Erzählung von einem seiner Begleiter, dem berühmten Sänger Ahmed Ibn Sadaka.

Wir verließen Bagdad mit dem Kalifen und kehrten auf der Reise in dem Oberen Kloster in Mosul ein wegen seiner schönen und gesunden Lage. Da kam der Palmsonntag. Der Kalif nahm Platz an einer ausgesuchten Stelle, von wo man die Stadt, den Tigris, die Gärten und die Umgegend überschauen, auch jeden sehen konnte, der zum Kloster hinaufkam. Das Kloster war an diesem Tage auf das herrlichste geschmückt. Die Mönche und Priester zogen in geordnetem Zuge in die Kirche zum Altar, umgeben von Knaben, welche die Räuchergefäße trugen. Die Geistlichen trugen vom Halse herunterhängend Kreuze vor der Brust und waren umgürtet mit kunstvoll gestickten Tüchern. Als der Kalif dies alles sah, war er sehr davon angetan. Als der Gottesdienst zu Ende war, begaben sich die Mönche in ihre Zellen, die Kinder aber, Knaben und Mädchen, die an dem Gottesdienst teilgenommen hatten, wendeten sich seiner Majestät dem Kalifen zu, indem einige von ihnen liebliche Sträuße von zeitgemäßen Blumen, andere kostbare, mit verschiedenen Weinsorten gefüllte Becher in den Händen trugen. Der Kalif ließ sie näher treten und nahm dann von verschiedenen Kindern ihre Gaben samt einigen Begrüßungsversen entgegen. Der Kalif war von ihrem Benehmen entzückt und wir alle in seiner Begleitung ebenfalls. Er trank von dem ihm kredenzten Wein, während im Hintergrunde während dieser ganzen Feier gesungen wurde.

Nun befahl der Kalif, daß die christlichen Sängerinnen seines Haushaltes, die ihn auf der Reise begleiteten, vortreten sollten. Darauf erschienen zwanzig dieser Sängerinnen, alle schön wie der Mond, bekleidet mit seidenen Gewändern, goldene Kreuze am Halse und Palmen- und Ölzweige in den Händen tragend. Darauf redete Seine Majestät mich, den Erzähler, an und sprach: O Ahmed, über diese Mädchen habe ich folgende Verse gedichtet, laß sie mir von ihnen vorsingen:

»Sie sind zierlich gleich Gazellen, strahlend gleich goldenen
Denaren, lieblich in ihren weißen Gewändern.
Der Palmsonntag hat sie für uns geschmückt mit ihren Schärpen.
Geschmückt sind sie auch mit Seitenlöckchen, ähnlich den
Schwänzen der Stare.
Sie kommen einher so zierlich und dünn in den Hüften,
welche der Mitte der Bremse gleichen.

Danach ließ der Kalif die Noam, die gefeiertste seiner Sängerinnen vortreten, und diese trug ein Gedicht vor, dessen Anfang lautete:

Und du behauptest, ich sei treulos, darum verlassest du
mich und   durchbohrst mein Herz mit scharfem
Pfeil.
Freilich, ich war treulos, du aber vergib und verzeihe
dem, der hier Schutz   und Zuflucht erflehend vor
dir steht.

Der Kalif war höchst vergnügt, trank immer weiter und ließ sich die Lieder mehrmals wiederholen. In heller Begeisterung sprach er dann zu einem seiner Hofleute, Aljasïdi: »Was meinst du? Gibt es etwas Schöneres als das, was wir hier erleben?« »Jawohl,« antwortete Aljasïdi, »noch schöner ist es, wenn du dankbar bist gegen denjenigen, der dich mit diesen Glücksgütern begnadet hat, damit er weiterhin dir Glück verleihe und es dir erhalte.«

Sofort erwiderte der Kalif: »Gottes Segen über dich! Du hast zur rechten Zeit dein Mahnwort gesprochen.«

Darauf ließ er 30 000 Dirhem kommen und verteilte sie zu Gottes Wohlgefallen als Almosen.

In Freiheit leben oder mit Ehren zugrunde gehen

Auf dem Kalifenthron in Medina war wieder Blut geflossen. Sein dritter Inhaber, der achtzigjährige Osman, der regiert hatte nach dem Grundsatze: »Freie Bahn für meine Verwandten,« war den Dolchen empörter Fanatiker erlegen. Seine Dienerin Nâile hatte sich über ihn geworfen, um ihn mit ihrem Leibe zu schützen. Vergebens. In dem Wirrwarr waren ihr zwei Finger der rechten Hand abgehauen. Diese Finger und das blutige Hemd des ermordeten Greises wurden bald darauf in der Moschee zu Damaskus ausgestellt, und dazu erscholl der Ruf: »Rache für Osman.«

Dieser Mord gebar den ersten Bürgerkrieg im Islam. Es war da ein rachsüchtiges Weib, welches hetzte, die Witwe des Propheten, Aïscha, von den Frommen *die Mutter der Gläubigen* genannt. Sie haßte den Adoptiv- und Schwiegersohn ihres verstorbene, Gatten, den vierten Kalifen Ali, und wollte ihn verderben. Auf edlem, hochbeinigem, weißem Kamel thronend, suchte sie mitten im Schlachtgewimmel durch ihren gellenden Zuruf die Krieger ihrer Partei anzufeuern. Ihre auf allen Seiten befestigte Kamelsänfte war bald von den Pfeilen der Feinde so gespickt, daß sie aussah wie ein zorniger Igel. Am Ende der Schlacht, als ihre Streiter tot oder geflohen waren, ergriff der Sieger Ali das Halfterband ihres Kamels, führte sie fort vom Schlachtfelde, und jede Rache verschmähend schickte er sie unter Bedeckung nach Hause.

Der Schauplatz dieser Kämpfe war Babylonien. Dorthin waren Aïscha und ihre beiden Helfershelfer Zubair und Talcha mit ihren zusammengerafften Scharen gezogen, um dort, wo Ali den meisten Anhang zu haben schien, ihm die Krone zu entreißen. Mit Gewalt drangen sie ein in die Palmenstadt Basra, die von Kanälen durchflossene Hauptstadt Südbabyloniens.

In Basra befand sich seit einiger Zeit ein hochangesehener, älterer Mann namens Osman Ibn Hunaif Alansäri, ein Freund des Propheten aus Medinischem Geschlecht, den Ali als seinen Vertreter dorthin entsendet hatte. Die Bevölkerung hatte ihn freundlich empfangen und als Statthalter des Kalifen anerkannt. Als nun urplötzlich die Feinde hereinbrachen und sich der Stadt bemächtigten, begannen sie ihre Herrschaft damit, daß sie Osman unter Mißhandlungen herbeischleppen ließen, rissen ihm die weißen Barthaare aus, wohl die größte Schmach, die man ihm antun konnte, und warfen ihn in den Kerker, augenscheinlich in der Absicht, ihn demnächst zu töten. Ferner bemächtigten sie sich des öffentlichen Schatzes der Stadt und ließen die siebzig Wächter desselben durch ihre Trabanten abschlachten.

In heißer Empörung erzitterten die Herzen der bis dahin so friedlichen Bevölkerung der Stadt. So viel unschuldiges Blut vergossen! Wo war der Rächer? wo der Beschützer gegen weitere Missetat?

Nun erhob sich ein angesehener Mann, das Oberhaupt eines Teiles der Bevölkerung vom Stamm Rabïa, Hukaim Ibn Gabala Alabdi, der noch den Propheten gekannt hatte und als ein Mann von Mut und Überzeugungstreue bewährt war. Er versammelte seine Leute und hielt ihnen folgende Rede:

»Das Blut unseres Statthalters ist uns zu Schutz und Trutz auf Treu und Glauben anvertraut. Wenn er aber auch nicht unser Statthalter wäre, würden wir ihn dennoch verteidigen, weil er unser Freund ist, und wegen seines hohen Ansehens bei dem Propheten. Wie konnte man sich an ihm vergreifen, ist er doch für uns der Vertreter des Rechts und des Reiches. Wir müssen jetzt bedenken: Wer lebt, muß einmal sterben, und der Gestorbene hat sich vor Gottes Thron zu verantworten. Jetzt gilt es: *Entweder in Freiheit leben oder mit Ehren zugrunde gehen.*« Begeistert stimmten seine Leute ihm zu.

Hukaim sammelte seine kriegsfähige Mannschaft, es waren ihrer nur dreihundert. Früh am nächsten Morgen hielt er vor der kampfbereiten Schar folgendes Gebet: »Die Feinde kämpfen nur um irdischen Vorteils willen. O Gott, töte sie zur Vergeltung für diejenigen, welche *sie* getötet haben. Laß sie nicht ihre Ziele erreichen und vergib ihnen nicht ihre Sünden am jüngsten Gericht.« Alsdann griffen sie die in der Stadt zerstreuten Feinde an, und es gelang ihnen, sie aus der Stadt auf das offene Feld hinaus zu drängen. Auf ihrem Kamele thronend mußte die grimme Aïscha aus der Stadt flüchten. Draußen aber vor der Stadt kam der Kampf zum Stehen, 12 000 Feinde gegen die 300 Getreuen des Hukaim. Bald von allen Seiten umringt starben sie den Heldentod. Hukaim, kämpfend wie ein angeschossener Eber, erhielt von einem Feinde vom Stamme Asd, als er seiner nicht achtete, einen Schwerthieb gegen den Fuß, der ihn vom Bein trennte. Der Verwundete konnte noch den abgehauenen Fuß ergreifen, schlug damit dem Asditen ins Gesicht, daß dieser zu Boden stürzte, dann warf er sich auf ihn und erstach ihn mit seinem Dolch, wobei er gesagt haben soll:

> Der Fuß wich deinen Hieben,
> Die Faust ist mir geblieben.

Kurz darauf endete auch er unter den Streichen vieler Feinde. Er fiel neben seinem Sohn und dreien seiner Brüder. Allah aber, der allbarmherzige, allgnädige, ihm sei Preis und Dank, daß er das Leonidas-Geschlecht nicht aussterben läßt. Amen.

Von drei Frauen

I

Omars Schwester

Omar war ein arger Heide. Einen Kopf größer als alles Volk in Mekka war er, obwohl gut von Natur und rechtschaffenen Sinnes, stürmisch und leidenschaftlich, und konnte leicht dazu kommen, eine Meinungsverschiedenheit anstatt mit Gründen, mit der Faust zum Austrag bringen zu wollen.

Unter der tropischen Sonne Mekkas hatte auf dem Markte der Stadt eine unruhige Versammlung heftig erregter Menschen stattgefunden. Eine ganz neue, unheimliche Geisterbewegung machte sich seit einiger Zeit bemerkbar, sie stiftete überall Unfrieden, trennte den Sohn vom Vater, den Bruder von der Schwester, den Freund vom Freunde, sie drang durch die Hintertüren, durch Sklaven und Mädchen in die Häuser, sogar in die Häuser der angesehensten Bürger, und man mußte damit rechnen, daß sie bald auch auf den Straßen und Plätzen erscheinen werde. Die Götter des Tempels sollten zerstört, ihr Kultus aufgehoben werden, und wenn der Tempel von Mekka nicht mehr das Zentralheiligtum vieler Völker Arabiens sein würde, dann würde man in Mekka verarmen usw. Der lange Omar redete eine wutentbrannte Rede gegen solch diabolisches Treiben und seinen Urheber, Muhammed.

Wie dann Omar mit langen Schritten nach Hause eilt, begegnet ihm auf der Straße ein Bekannter namens Nuaim. Es entspinnt sich ein Gespräch, in dem Omar gegen die neue Lehre wettert und erklärt sie vernichten zu wollen.

Darauf Nuaim: »Wirklich? Na ja, dann kannst du ja mal bei dir zu Hause nach dem Rechten sehen.«

Omar (beleidigt): »Was soll das heißen?«

Nuaim: »Na ja, ich meine man, du kannst ja mal in deiner eigenen Wirtschaft nachsehen. Gott befohlen.«

Omar stürmt nach Hause. Wie er in die Nähe kommt, tönt ihm aus seinem Hause ein eigentümliches Summen oder ein Reden mit gedämpften Stimmen entgegen, das ihm ebenso unbekannt wie unerklärlich war.

Was war die Ursache davon? Ein Sklave namens Chabbäb, der durch kriegerische Schicksale nach Mekka verschlagen war, frühzeitig sich Muhammed angeschlossen und deswegen schwere Mißhandlungen erduldet hatte, saß in einem der Zimmer des Hauses, neben ihm Fâtime, die verheiratete Schwester Omars. Chabbäb lehrte sie in Gegenwart ihres Gemahls ein Gebet von Muhammed, indem er es ihr vorsprach und sie es wiederholte. Als sie nun die Tritte Omars hörten, floh der Sklave, versteckte sich in einem Winkel des Hauses. Fâtime verbarg das Blatt, auf dem das Gebet geschrieben war, in ihrer Kleidung und sah nun ihren grimmen Bruder hereinstürmen.

Omar: »Was war denn das für ein Gesumme?«

Fâtime: »Nichts. Wir haben nichts gehört.«

Omar: »Doch. Ich weiß es schon. Ihr seid auch Ketzer geworden.«

Damit packte er ihren Gemahl, um ihn zu schlagen. In dem Moment springt Fâtime auf, fällt ihrem Bruder in den Arm, um den Gemahl zu schützen. Nun aber schlägt Omar ihr selbst so derb ins Gesicht, daß das Blut davon fließt. Fâtime (in stolzem Grimm): »Gut denn. Wenn du es wissen willst, wir, ich und mein Mann, haben den Glauben an den einen, gerechten Gott und seinen Boten angenommen. Und nun tu, was du nicht lassen kannst.«

Als Omar das Blut seiner Schwester sah, scheint er von seinem Zornesrausch ernüchtert worden zu sein. Tatsache ist, daß er kurz darauf Muhammed in dem Hause, wo dieser vor seinen Feinden Zuflucht gefunden hatte, aufsuchte, seine Lehre annahm und mit derselben Leidenschaft, mit der er ihn bis dahin bekämpft hatte, ein Paulus aus einem Saulus sich ihm anschloß. Von Omar beschützt, trat Muhammed von nun an öffentlich auf und verkündete auf den Straßen und Plätzen und im Tempel einem jeden seine Lehre, der sie hören wollte. Das Blut der Schwester hatte dem Islam den Mann gewonnen, der, nachdem Muhammed die Religion des Islams gegründet hatte, als zweiter Kalif das islamische Weltreich zimmern sollte.

II

Die Tochter des Abu Bekr, die Mutter eines Kalifen

Verschwunden war er, verschwunden in das Nichts, der grimmig gehaßte Mann, der sich vermaß, etwas anderes sein zu wollen, als alle anderen Leute in Mekka, der unter ihnen aufgewachsen war als ein ganz gewöhnlicher armer Waisenjunge im Hause eines Onkels, später eine viel ältere, wohlhabende Witwe geheiratet hatte, dann aber als angeblicher Sendbote eines Gottes alle wichtigsten Interessen seiner Vaterstadt bedroht hatte, Muhammed, der Sohn des Abdallah. Als früh mit der aufgehenden Sonne einige Personen sein Haus betraten, fanden sie es öde und leer, nur in einem Winkel fanden sie einen unter einem Mantel Muhammeds schlafenden Jungen, der, unsanft geweckt und nach dem Hausherrn befragt, erklärte, er wisse von nichts. Mittlerweile hatten sich mehrere Leute angesammelt, darunter einige der heftigsten Feinde Muhammeds. Diese zogen nun weiter nach dem Hause seines Freundes Abu Bekr, aber auch dort fanden sie weder den gesuchten noch Abu Bekr, wohl aber ein kleines Mädchen, das kaum mehr als acht Jahre alt gewesen sein kann. Da auch sie erklärte, sie wisse von nichts, schlug ihr ein roher Patron unter den Feinden eine so derbe Ohrfeige, daß ihr Ohrring davon flog. Jener Knabe war Ali, Muhammeds Vetter und Adoptivsohn, das Mädchen war

Asmâ, die Tochter des Abu Bekr.

Beide Kinder wußten genau Bescheid, waren in alles eingeweiht, aber sie verstanden zu schweigen. Mitten in der Nacht hatten drei Kamele Mekka nach Süden hin verlassen, auf ihren Rücken kauerten Muhammed, Abu Bekr und zwei Heiden, ein Kamelknecht und ein Führer. Die Feindschaft seiner Gegner hatte eine solche Siedehitze erreicht, daß Muhammed sich entschließen mußte, seine Heimat aufzugeben. Es war dort nichts mehr für ihn zu holen, und seine Getreuen fürchteten sogar für sein Leben. Infolge einer Einladung angesehener Männer in Medina hatte er einen seiner Besten als Apostel dorthin vorausgeschickt, dann hatten im Laufe einiger Monate alle Bekenner des neuen Glaubens Tür und Tor hinter sich abgeschlossen, Hab und Gut im Stich gelassen und waren truppweise in die ungewisse Fremde hinausgezogen. Als die letzten folgten Muhammed selbst und Abu Bekr. Die beiden von ihnen zurückgelassenen Kinder hatten folgende Aufträge: Ali sollte einige unerledigt gebliebene Angelegenheiten Muhammeds regeln und dann mit dem Rest der Gemeinde, einigen Frauen, Kindern und Kranken nachkommen. Asmâ hatte den Auftrag, unter dem Schutze der folgenden Nacht nach einem bestimmten Punkte ihrer Route Lebensmittel nachzubringen. Als sie dieselben herrichtete, fehlte ihr ein Lederriemen, um den Wasserschlauch, einen gereinigten Ziegenbalg, zuzubinden. Sie zerriß daher ihr breites, längliches Gürteltuch in zwei Streifen, mit dem einen schnürte sie den Wasserschlauch zu und den anderen bestimmte sie zur Tischdecke für Muhammed, die auf dem Erdboden ausgebreitet werden sollte, damit seine Mahlzeit darauf serviert werde. Seitdem heißt Asmâ in der Chronik des Islams

das Mädchen mit den beiden Gürtelstreifen.

Noch einmal sollte Asmâ in der Geschichte uns begegnen. Mehr als sieben Jahrzehnte waren seitdem verflossen. Muhammed und Omar hatten ihre Welt aus den Angeln gehoben und eine neue Weltordnung an die Stelle gesetzt. Aus der kleinen verschüchterten Gemeinde zu Mekka war ein Weltreich geworden, aber das Szepter des Islams war gespalten, in Damaskus regierte ein Kalif, in Mekka ein anderer, und in ihrem Kampf um die Oberhand war viel Blut vergossen.

Unsere Asmâ hatte einen Vetter Muhammeds, den Zubair, geheiratet und ihm als ersten Sohn den Abdallah geboren. Dieser beherrschte später als Kalif während eines Jahrzehnts die Hälfte der islamischen Welt von seiner Residenz Mekka aus. Dann aber wurde das Glück ihm untreu: eine an Zahl weit überlegene Armee seiner Feinde belagerte ihn in Mekka, die Steine ihrer Wurfmaschinen fielen auf alle Teile der Stadt nieder, sogar auf das Dach des Tempels. Die Armee Abdallahs schmolz zusammen durch Desertion, sogar einige seiner eigenen Brüder gingen zum Feinde über, und es konnte daher weder für ihn noch für seine Getreuen ein Zweifel mehr bestehen, daß seine Sache verloren war, daß das bittere Ende bevorstand.

Nun suchte der Kalif seine Mutter auf, sie um ihren Rat zu bitten. Frau Asmâ war damals eine blinde Greisin von mehr als achtzig Jahren. Der Kalif küßt seiner Mutter die Hand und spricht:

»O Mutter, was denkst du?«

Asmâ: »O mein Sohn. Wenn du um irdischer Vorteile willen gekämpft, deine Getreuen in Kampf und Tod geführt hast, und jetzt dich deinem Feinde unterwirfst, dann wirst du zum elenden Gespött der ganzen Welt. Wenn du aber für Recht und Wahrheit gekämpft hast, dann rüste dich zur Schlacht, zieh mit deinen letzten Getreuen zum Tor hinaus und biete deinen Feinden die Stirn zum letzten Kampf. Gott wird dir lohnen.«

Der Kalif handelte nach dem Rat seiner hochsinnigen Mutter legte Helm und Panzer an und entbot seine arg zusammengeschmolzene Kriegerschar. Als er dann, um Abschied zu nehmen, bei seiner blinden Mutter eintrat, fühlte sie, daß er einen Panzer anhatte. »Mein Sohn,« sprach sie, »wozu der Panzer, wenn es gilt zu sterben?« Der Kalif entledigte sich seines Panzers, adjustierte seine Kleidung, küßte seiner Mutter in alter Liebe und Ehrfurcht die Hand und ging von dannen. Sofort zog er mit den Seinigen zum Tor hinaus, es entwickelte sich ein wilder Kampf mit den zehnfach überlegenen Scharen der Belagerer, in dem der Kalif und seine Mitkämpfer bald bis auf den letzten Mann erlagen.

Einen oder zwei Tage später verschied die müde, blinde Greisin aus diesem Leben,

Asmâ, die Tochter des Abu Bekr,

die Mutter des Kalifen Abdallah Ibn Zubair.

Eine Frau Muhammeds, die Schwester eines Kalifen

Umm Habïba war eine der Frauen des Propheten, ihm in der Fremde per procura angetraut. Sie gehörte zu den ältesten Mitgliedern seiner Gemeinde in Mekka, sie und ihr erster Gemahl. Da aber die Verfolgungen von Seiten ihrer heidnischen Verwandten und Landsleute unerträgliche Formen annahmen, verließen viele von ihnen, Mann, Weib und Kind ihre Heimat, fuhren über das Rote Meer nach einem unter einem christlich-abessinischen Machthaber stehenden Küstengelände, wo sie wenigstens Duldung fanden. Unter diesen befanden sich Frau Umm Habïba und ihr Mann. Letzterer wurde dort Christ und starb bald darauf. Nun stand Frau Umm Habïba als Witwe allein in der Fremde. In diesem Moment trat Muhammed von Medina aus als Bewerber um ihre Hand auf. Er ließ ihr seine Werbung durch einen besonderen Boten antragen, durch den er auch den abessinischen Landesfürsten bat, er möchte erlauben, daß Umm Habïba ihm per procura angetraut werde. Und nicht allein, daß der fremde Fürst dies bewilligte, sondern er schenkte sogar der künftigen Gattin des Propheten 400 Golddenare, damit sie nicht ohne Mitgift wie ein armes Bettelweib, sondern in allen Ehren, wie es einer Frau aus vornehmem Geschlecht, denn das war sie, gebührte, in den Hausstand ihres Gemahls eintrete.

Was Muhammed zu dieser Ehe bestimmt haben mag, ist aus den Geschichtsquellen nicht zu ersehen. Daß er kein Bedenken trug, seinen fünf oder sechs Gemahlinnen noch eine weitere hinzuzufügen, darf mit Sicherheit angenommen werden. Salomo hatte 700 Frauen und 300 Kebsweiber, David hatte viele Frauen usw., und Muhammed pflegte sich beständig und in bitterem Ernst mit den Größen des Alten und Neuen Testamentes zu vergleichen, auch sie in allem und jedem zum Muster zu nehmen. Daß aber Umm Habïba mit vollem Ernst in dieser Ehe stand, daß sie in unwandelbarer Treue zu ihm hielt und im festesten Glauben an sein Prophetentum alle anderen, sogar die heiligsten Rücksichten von sich warf, wenn das Interesse ihres Gemahls in Frage kam, ist ein ebenso bemerkenswertes Zeugnis für sie wie für ihn.

Als Umm Habïba in Medina eintraf, war Muhammed mittlerweile ein großer Mann geworden, der Kriege führte, offene Feldschlachten schlug und schon reiche Beute gewonnen hatte. Abgesehen von geringen Unterbrechungen stand er fortwährend in Fehde mit seiner Vaterstadt, und einer der angesehensten seiner dortigen Feinde, vielfach ihr Anführer im Kampf war Abu Sufjän, der Vater seiner Frau Umm Habïba. Also Schwiegervater gegen Schwiegersohn! – Die Umstände sekundierten dem letzteren, und im Verlaufe von ein bis zwei Jahren wurde es klar, daß Mekka unterliegen, daß der einst von dort vertriebene Prophet als Sieger in Mekka einziehen werde und daß nun seine Feinde damit rechnen mußten, er werde Vergeltung üben für so manches, was sie im Laufe der Jahre ihm angetan hatten. Daher kam es, daß die meisten von ihnen durch Vermittelung von Verwandten und guten Freunden sich unter dem Schutze der Dunkelheit zu Muhammed schlichen, um mit ihm ihren Frieden zu machen und ihre Köpfe in Sicherheit zu bringen. In diese Zeit fällt das folgende Ereignis: Abu Sufjän war vielleicht zu allen Zeiten der grimmigste und mächtigste Feind Muhammeds gewesen; er hatte am Berge Uhud die Feinde angeführt, wo bald Muhammed sein Leben verloren und der Islam sein Ende gefunden hätte. Ende 629 mußte dieser stolze Mann sich bequemen, nach Medina zu ziehen und Muhammed um Frieden für seine Vaterstadt anzubetteln. Muhammed lehnte schroff ab, und nun wußte Abu Sufjän, daß Mekkas letztes Stündlein geschlagen hatte. Verzweifelnd schlich er nach der Hütte seiner Tochter, Umm Habïba, vielleicht in der Hoffnung, durch ihren Einfluß auf ihren Gemahl noch einiges zu retten. Kaum eingetreten in die Hütte ließ er sich nieder auf einen Teppich, sofort aber sprang Umm Habïba herbei und riß ihm den Teppich unter dem Leibe weg.

Abu Sufjän: »O meine Tochter, ist dir der Teppich lieber als ich, oder bin ich dir lieber als der Teppich?«

Umm Habïba: »Der Teppich ist der Teppich des Boten Gottes, meines Gemahls. Auf dem darfst du nicht sitzen, denn du bist ein unreiner Götzendiener.«

So handelt doch wohl nur eine Frau, die, wenn auch nur eine von Neunen, ihrem Gemahl mit Leib und Seele ergeben ist.

Frau Umm Habïba überlebte ihren Gemahl um viele Jahre und starb, als ihr Bruder Muâwija Sohn des Abu Sufjän als Kalif in Damaskus die ganze muhammedanische Welt beherrschte.

Nachwort

Seiner Majestät Kalif Alasïs, der gegen das Ende des ersten Jahrtausends unserer Zeitrechnung Ägypten und angrenzende Länder beherrschte, war es eine liebe Gewohnheit, sich abends nach der Hitze des Tages und nach den argen Beschwerden der Reichsregierung Geschichten erzählen zu lasse, und es traf sich glücklich für ihn, dass unter seinen Hofbeamten ein vorzügliches Erzählertalent war, der Sekretär und Bibliothekar, Herr Schabuschti. Dieser verstand es trefflich, die Geschichten für den Geschmack seines hohen Herrn zurechtzustutzen. Es durften gute oder schlechte Geschichten sein, sittliche oder unsittliche, nur kurzweilig mußten sie sein und möglichst pikant. Außerdem wurde die Prosa der Erzählung gern durch eingefügte geistreiche Verse von Liebe und Wein zu einem anmutigen Teppich verwebt. Was aber am bezeichnendsten für diese Unterhaltung war, und was Seine Majestät immer wieder zu hören wünschte, das war ein und derselbe Gegenstand, das war das ferne Bagdad, *das Leben am Hofe der Kalifen von Bagdad*. Und warum gerade Bagdad? Ein Kalif in Kairo und ein Kalif in Bagdad! Wer war denn der richtige Kalif? Es kann doch nur einen einzigen *rechtmäßigen Nachfolger und Stellvertreter* des Propheten auf Erden geben! –

Die einzige Quelle aller Souveränität im Islam ist die Verwandtschaft mit dem Propheten, und da er keinen Sohn hinterließ, die Verwandtschaft mit seiner Tochter Fâtime, der Gemahlin Alis. Aus dieser Ehe sind zahllose Menschen hervorgegangen, von denen manche Königsthrone eingenommen haben, manche bei den Versuchen solche zu erringen in Kerkern elendiglich umgekommen, die meisten im bürgerlichen Leben dahingegangen sind und noch gehen, in vielen Ländern durch mancherlei Privilegien ausgezeichnet. Natürlich ist diese Abstammung auch von Fälschern benutzt. Die genannten Kalifen Ägyptens heißen in der Geschichtsliteratur *die Fatimiden*, weil sie ihre Familie und ihre Suveränität von Fâtime, also vom Propheten ableiteten. Daß dies aber ein Schwindel war, wußte jedermann in ihrem Reich und ebenso sie selbst, indessen die Lüge ist bekanntlich ein mächtiger Faktor in der Weltgeschichte, und auf dieser Lüge war ein großes Reich aufgebaut. Das Kalifat des Alasîs war *talmi*, dagegen das Kalifat in Bagdad war *echt*, unzweifelhaft und anerkannt *echt*. Der Stachel der Inferiorität ließ ihn daher nicht zur Ruhe kommen, er wollte immer wieder hören, wie es denn dort bei denen in Bagdad hergehe, an ihrem Hofe, in ihren Familien, in ihrem Verkehr mit den Großen des Reiches, mit den berühmten Sängern, Sängerinnen und Tänzerinnen, bei ihren Festen, bei ihren Bauten und anderen Dingen. Es war Herrn Schabuschtis Aufgabe, diese Neugierde seines Herrn zu befriedigen. Folgen wir seinen Gedanken vom *Talmi*-Kalifat zum *echten*.

Es ist ein Unglück für die ganze Entwicklung des Islams, daß sich nicht unmittelbar nach dem Tode seines Stifters ein bestimmtes Prinzip, ein klares Gesetz, welches die Nachfolge für alle Zeiten regelte, herausgebildet hat. Zwar nennen die Muhammedaner die ersten vier Kalifen die *rechtmäßigen*. Wenn man aber die Art und Weise, wie sie zur Macht gelangt sind, betrachtet, kann da von Rechtmäßigkeit oder Legitimität nicht viel die Rede sein. Unmittelbar nach Muhammeds unerwartetem Tode lief mancherlei Volk in einer Scheune zusammen, man diskutierte die Frage des Nachfolgers, und die Meinungen waren geteilt. Da kommt der große Omar angestürmt, begleitet von seinen Myrmidonen, ergreift die Hand Abu Bekrs und huldigt ihm als Kalif möglichst laut und möglichst ostentativ. Beifall und Widerspruch. Aus dieser Überrumpelung einer unregelmäßig zustande gekommenen Volksversammlung ist die Wahl des ersten Kalifen Abu Bekr hervorgegangen.

Als dann des Propheten Alter ego, Abu Bekr, zu sterben kam, ernannte er seinen Freund Omar zu seinem Nachfolger, ohne zu einer solchen Handlung irgendwie ermächtigt zu sein, weder von der Gemeinde des Islams noch durch irgendwelche Bestimmungen im Koran, noch durch entsprechende auf Muhammed zurückgehende Überlieferungen.

Omar fiel dem Dolche eines Sklaven zum Opfer. Unmittelbar vor seinem Ende hatte er noch die Kraft zu befehlen, daß die sechs angesehensten Männer des jungen Reiches in einem Hause eingeschlossen werden und einen Nachfolger wählen sollten. Ein alter Haudegen wurde mit gezücktem Schwert vor die Tür gestellt und hatte den Befehl, keinen der sechs Kurfürsten herauszulassen, bevor nicht die Wahl vollzogen war. Aus dieser merkwürdigen Wahl ging der dritte Kalif Osman hervor.

Aber auch ihm war kein besseres Ende beschieden. Er wurde von Fanatikern ermordet, und unter dem Schrecken dieser Untat wurde derjenige zum Kalifen gewählt, der dem Propheten verwandtschaftlich am nächsten gestanden hatte, sein Schwiegersohn Ali, ohne jedoch daß diese Wahl allgemeine Anerkennung fand.

Dies sind die vier *rechtmäßigen* Kalifen der Urgeschichte des Islams, die auch von der großen Majorität der islamischen Welt als solche anerkannt werden. Die Art und Weise, wie sie zur Macht gelangten, spottet jeder Vorstellung von Recht und Gesetz.

Und so ist es weiter gegangen. Die folgende Klasse von Kalifen konnte sich nicht auf irgendeine Verwandtschaft mit dem Propheten berufen, hat es auch nie versucht, im Gegenteil war im ganzen Islam bekannt, daß ihre Vorfahren seine heftigsten Gegner gewesen waren. Diese neuen Kalifen waren Usurpatoren. Der erste in der Reihe, Muâwija, ein Mann von großen, für seine Zeit fruchtbaren Geistesgaben, war wohlbestallter Statthalter von Syrien, als Ali eines Tages, da er frühmorgens in das Gebethaus eintreten wollte, dem Dolche eines Fanatikers erlag. Seinem Sohne Hasan, dem Enkel des Propheten, kaufte Muâwija ein etwaiges Verwandtschaftsrecht mit Geld ab, und im übrigen stabilisierte er seine Herrschaft auf die Schlagfertigkeit seiner syrischen Truppen. Mit ihm beginnt die glänzende Reihe der nach seinem Großvater Omajja so genannten Omajjadischen Kalifen, die in Damaskus und verschiedenen Schlössern in Syrien residierten. Neun Jahrzehnte lang haben sie das ungeheure Reich von Spanien bis an die Grenzen Chinas und bis tief nach Indien hinein beherrscht mit einer Machtvollkommenheit, wie sie nur selten das Los einzelner Menschen gewesen ist. Trotzdem haben sie die *freiwillige* Anerkennung der frommen, ihrer Religion bewußten Kreise niemals besessen, denn diese, mochten sie auch noch so verschiedener Meinung sein in betreff des Anrechts auf das Kalifat, ein Recht der Usurpation haben sie niemals anerkannt. Freilich waren die sehr weltlich gesinnten Herrscher in Damaskus immer stark genug, die Anerkennung jener Kreise zu erzwingen. Immerhin aber ist nicht zu leugnen, daß dies Kalifat in den stets wiederkehrenden Kämpfen gegen die in Babylonien angesiedelten frondierenden Kreise verblutet ist, abgesehen von solchen Elementen der Zersetzung, deren Wirkung in der Geschichte der meisten orientalischen Dynastien verfolgt werden kann. Auf einige bedeutende Persönlichkeiten, welche eine Herrschaft gründen und einrichten, folgen im Purpur geborene Nullen. Die fürstliche Familie wächst ins ungemessene, durch ihre *eigenen* Leute, ihre Sklaven und Freigelassenen, will sie das Reich regieren, alle Macht und allen Reichtum an sich reißen. Neid und Haß zwischen den einzelnen Zweigen des Herrscherhauses lockert das Gefüge der Herrschaft. Der Streit um die Thronfolge ist an der Tagesordnung, und wie so oft glaubt der Nachfolger die gerade entgegengesetzte Politik von derjenigen seines Vorgängers einschlagen zu sollen, wodurch tiefgehende Erschütterungen unvermeidlich sind. So offenbaren sich die Schwächen des Reiches, die Risse in den Mauern seiner Herrschaft, durch welche die Feinde dann einzudringen vermögen.

Mit dem Jahr 752 war die Schicksalsuhr der damascenischen Herrlichkeit, des Omajjadischen Kalifats abgelaufen. Neue Thronforderer erscheinen auf der Szene. Ein drittes Kalifengeschlecht beginnt seinen historischen Lauf, und diese Kalifen waren *echt*, d.h. sie stammten zwar nicht in gerader Linie von Muhammed ab, wohl aber von seinem Großvater Abdelmuttalib durch Abbâs, der ein Bruder von Muhammeds Vater Abdallah war. Nach diesem Stammvater Abbâs heißen sie, die Kalifen von Bagdad, die Abbasiden.

Dieser Onkel Abbâs war seinem Neffen Muhammed stets ein recht schlechter Onkel gewesen. Als Muhammed ein armer Waisenknabe war, hat er sich nicht um ihn gekümmert, und als er Jemand werden wollte, hat er ihm Opposition gemacht. Als aber aus dem Waisenknaben ein allgebietender Herr geworden war und Mekka mit all seinen Feinden wehrlos zu seinen Füßen lag, da schlich sich auch der Onkel Abbâs herbei, um mit ihm seinen Frieden zu machen. Großmütig nahm ihn der Prophet auf und machte einen Strich über alles Vergangene. In der Folgezeit stellte sich der Onkel stets eng an die Seite des Neffen, und wenn große Schätze bei dem Neffen einliefen, war der Onkel stets der erste, der die Hand danach ausstreckte.

Dieser Biedermann ist der Stammvater der Kalifen von Bagdad. Er selbst starb in Medina, seine Nachkommen übersiedelten nach Damaskus, wo sie zum Teil von den Omajjaden recht schlecht behandelt wurden. Später verließen sie die Residenz der Omajjaden, die in ihnen frühzeitig Konkurrenten witterten, und ließen sich fern davon in anderen Reichsteilen nieder. In Zentralasien gewannen ihre Leute Ansehen und Anhang, bildeten eine Heeresmacht und hatten das Glück, einen großen Heerführer zu gewinnen in der Person des Abu Muslim, der, als die Omajjadenmacht zerbröckelte, ihre Heere gen Westen führte, alle Länder des Islams überrannte und das zahlreiche Geschlecht der Omajjaden verfolgte und vernichtete. Zu Kufa in Babylonien nahm der Seniorchef des Abbasidenhauses die Huldigung entgegen. Zehn Jahre später wurde die Residenz nach Bagdad verlegt. Der erste neue Kalif hieß Abulabbäs *der Schlächter*, so genannt wegen der Furchtbarkeit, mit der er alles vertilgte, was mit der früheren Dynastie irgendwie in Zusammenhang gestanden hatte, und Rache nahm für alles, was seine Vorfahren von ihnen erduldet hatten.

Aus der langen Reihe der abbasidischen Kalifen von 752 – 1258 ist kein anderer Name in weitere Kreise gedrungen als der des Harun Alraschïd, d.i. Aron der Rechtgeleitete, durch die Erzählungen von 1001 Nacht, im übrigen ohne viel Verdienst und Würdigkeit von seiner Seite. Mehr Anspruch auf Beachtung hätte z.B. Mansûr, der zweite in der Reihe, und Mamûn, ein Sohn Haruns, beide nicht etwa wegen hervorragender moralischer Eigenschaften, wohl aber deshalb, weil sie zu den mächtigsten Herrschergestalten der orientalischen Geschichte zählen, letzterer auch wegen seiner Beziehungen zur Literatur, speziell zu der Übertragung griechischer Literatur in das Arabische.

Auf den gewaltigen ersten Aufschwung des abbasidischen Kalifats, auf das goldene Zeitalter ihrer Herrlichkeit folgte Niedergang und schleichender Marasmus. Anstatt kräftiger Persönlichkeiten nahmen Puppen den Thron ein, Spielzeuge in fremden Händen. Bald beherrschten die Obersten der Prätorianer den Hof, mächtige Hausmeier rissen die Verwaltung an sich, und in den Provinzen machten sich erfolgreiche Statthalter mehr oder weniger unabhängig, so daß in den Händen der Abbasiden kaum viel mehr übrigblieb als das – ich möchte sagen – klerikale Ansehen. Sie waren und blieben die Nachkommen des Propheten, die Träger des höchsten geistlichen Ansehens, was aber die wirklichen Machthaber nicht verhinderte, sie nach Belieben abzusetzen und umzubringen, denn die sacra familia war so zahlreich, daß stets ein Ersatz zur Stelle war. Seitdem die Mongolen im Jahr 1258 Bagdad gestürmt und den letzten abbasidischen Kalifen getötet haben, ist für den orthodoxen Islam das Kalifat erloschen. Was von da an noch in der Geschichte des Islams als Kalifat aufgetreten, ist Farce oder Lüge. Die späteren Machthaber in den verschiedenen Ländern des Islams sind staatsrechtlich Sultane, d.h. weltliche Machthaber, denen die geistige Weihe der direkten Abstammung von Muhammed, dem Sendboten Gottes, fehlt.

Wollten wir uns mit der gesamten staatsrechtlichen Entwicklung des Islams beschäftigen, müßten wir nun der Aliden gedenken, der Nachkommen von Ali und seiner Frau Fâtime, der Tochter Muhammeds. Auch diese haben vielfach versucht, auf der Basis ihrer Verwandtschaft ein Kalifat zu gründen, was ihnen auch in einzelnen Ländern des Islams gelungen ist, aber niemals in dem Umfange wie den Omajjaden und Abbasiden. Es hat wohl alidische Kalifate z.B. in Marokko, in Indien gegeben, aber niemals ein solches, das von der gesamten Islamwelt anerkannt worden wäre. Ein solches pseudoalidisches Kalifat bestand auch in Ägypten, zu dessen Inhaber – Alasïs – und seinem Geschichtenerzähler Schabuschti wir nunmehr zurückkehren.

Was uns in diesen Erzählungen entgegentritt, ist das Bagdad des achten und neunten christlichen Jahrhunderts, damals wohl die größte Stadt der Welt, das Zentrum aller Macht und alles Reichtums. Alle Völker Asiens und Afrikas strömten dort zusammen, alle Waren, alle Kostbarkeiten. Durch ein weitverbreitetes Netz von Kanälen wurde der Verkehr vermittelt. Das Weichbild der Stadt nahm einen großen Raum ein, in ihm ragten zahlreiche Schlösser und Paläste von großen Dimensionen und luxuriöser Bauart hervor, die Residenzen der Kalifen, der Prinzen ihres Hauses und ihrer Großen. Neben den in neuer Pracht strahlenden Moscheen gab es alternde christliche Kirchen und Klöster. In den Bazaren kulminierte der Handel einer weiten Welt, und in den Moscheehöfen und öffentlichen Lehranstalten sammelten sich die Wißbegierigen aus allen Ländern des Islams, denn Bagdad war nicht bloß das Zentrum der Politik und des Handels, sondern auch das Zentrum der Wissenschaft. Und in weitem Kreise um die Stadt herum lagen anmutige Vororte, die von den Bagdadern an Fest- und anderen Tagen zu

Ausflügen und jeder Art von Erholung und Erheiterung besucht wurden.

Die Bevölkerung der Stadt setzte sich zusammen aus freien Einheimischen, freien Fremden, unter denen Persisch redende Personen aus den östlichen Provinzen ein großes Kontingent stellten, und aus Hunderttausenden von Unfreien oder Sklaven, die als Kriegsgefangene dorthin gekommen waren. So besaßen die Kalifen, die Prinzen und die Großen im Reich Tausende und Zehntausende von solchen Hörigen, die zum Teil ihre Landgüter bearbeiteten, zum Teil in losem Zusammenhang mit ihren Herren irgendwo ein Geschäft ausübten, von dessen Erträgnis sie einen gewissen Teil ihren Herren ablieferten. Unter diesen Unfreien nahmen nun Sänger, Sängerinnen und Tänzerinnen eine merkwürdig hervorragende Stellung ein. Von den freien Künsten tritt die Malerei in jener Menschheit ganz in den Hintergrund, die Porträtmalerei war von den Theologen verpönt, und die Sitte, sich beliebte Gedichtbücher von Künstlerhand ausschmücken zu lassen, ist erst später aufgekommen und in Indien und Persien zur Blüte gelangt. Was die Baukunst in Bagdad geleistet hat, bin ich geneigt sehr hoch anzuschlagen, aber die Werke der Meister dieser Kunst sind verloren, verschollen. Um so größer ist nun aber die Rolle, welche Poesie und Musik, Gesang und Tanz in jenen Zeiten gespielt haben. Bis zur Ekstase, bis zur Selbstvergessenheit konnten Gesang und Tanz die Menschen begeistern. So war es damals, und so ist es jetzt. Berühmte Sängerinnen, wenn auch unfrei, spielten in den Palästen der Fürsten und Großen die Rolle von großen Damen, sie gehörten zur Oberschicht der Gesellschaft, große Reichtümer flossen ihnen zu, hoch und niedrig buhlte um ihre Gunst. Die großen Feste der Kalifen und ihres Anhanges waren nicht möglich, ohne daß solche Künstler und Künstlerinnen geladen wurden, und in den Verzeichnissen der zu Hofe geladenen Gäste erscheinen sie pari passu neben Prinzen, Generalen und Ministern. Eine gewisse Schöngeistigkeit herrschte in den oberen Schichten der Gesellschaft, Kalifen, Prinzen und andere hochgestellten Personen korrespondierten mit Künstlern und Künstlerinnen, und zwar mit Vorliebe in Versen.

Die arabischen Chroniken wissen viel von Bagdad und seinem Kalifat zu erzählen, von Thronwechsel und Fürstenmord, von Krieg und Frieden und Revolutionen, lassen uns aber nur selten einen

Blick in das Innere der Paläste und Häuser werfen. Wie es im Familienkreise der Kalifen, im Verkehr zwischen den einzelnen Zweigen des regierenden Hauses zugegangen, wie sie mit Frauen und Kindern gelebt, wie sie mit ihren Vertrauten, ihren mächtigsten Helfern verkehrt, womit sie sich beschäftigt und unterhalten haben, auf solche Dinge pflegen die Chroniken nicht einzugehen. Um so willkommener ist daher das Skizzenbüchlein des ägyptischen Erzählers Schabuschti, in dem er uns allerlei Einblicke in eine unbekannte Welt gewährt, Schlaglichter über die Intimitäten des großen Bagdad. Daß aber seine Schilderung von dem Leben der Bagdader Großen in Saus und Braus mit Weib, Wein und Gesang in schrankenloser Freiheit, um nicht zu sagen Frechheit, eine einseitige ist, darf nicht verhehlt werden. Daneben ging der offizielle Islam einher, der z.B. den Genuß von Wein und anderen berauschenden Getränken verbot. Während der ersten Jahrzehnte der Abbasidenherrschaft herrschte ein etwas freierer Geist in der theologischen Spekulation, der aber dann einer finsteren Reaktion Platz machte, die eine Richtung so intolerant wie die andere, so daß es an Ketzergerichten und Ketzerverurteilungen nicht gefehlt hat. Und Kalifen, die nach Schabuschti mit Sängerinnen tändelten, unterschrieben Bluturteile gegen Personen, deren Ansichten der herrschenden Hof- und Staatstheologie nicht genehm waren. Also auf der einen Seite Bigotterie, das Herauskehren von Dogma und Gesetz gegenüber den Millionen, und auf der anderen Seite im Innern der Paläste der Regierenden ein freches Sichhinwegsetzen über Gesetz und Sitte!

Das Geschichtenbuch Schabuschtis ist nur in einer einzigen Handschrift der Staatsbibliothek zu Berlin erhalten. Außer den von mir herangezogenen Geschichtchen findet sich noch einiges andere darin, das aber mit dem Geschmack unserer Zeit nicht vereinbar ist. Die drei Frauengeschichten dieser Sammlung gehen nicht auf Schabuschti zurück, sie werden als Skizzen weiblicher Charaktere aus der Urzeit des Islams dem Leser hoffentlich willkommen sein.

Berlin, 22. Februar 1920
Eduard Sachau

Über tredition

Eigenes Buch veröffentlichen

tredition wurde 2006 in Hamburg gegründet und hat seither mehrere tausend Buchtitel veröffentlicht. Autoren veröffentlichen in wenigen leichten Schritten gedruckte Bücher, e-Books und audio-Books. tredition hat das Ziel, die beste und fairste Veröffentlichungsmöglichkeit für Autoren zu bieten.

tredition wurde mit der Erkenntnis gegründet, dass nur etwa jedes 200. bei Verlagen eingereichte Manuskript veröffentlicht wird. Dabei hat jedes Buch seinen Markt, also seine Leser. tredition sorgt dafür, dass für jedes Buch die Leserschaft auch erreicht wird.

Im einzigartigen Literatur-Netzwerk von tredition bieten zahlreiche Literatur-Partner (das sind Lektoren, Übersetzer, Hörbuchsprecher und Illustratoren) ihre Dienstleistung an, um Manuskripte zu verbessern oder die Vielfalt zu erhöhen. Autoren vereinbaren direkt mit den Literatur-Partnern die Konditionen ihrer Zusammenarbeit und partizipieren gemeinsam am Erfolg des Buches.

Das gesamte Verlagsprogramm von tredition ist bei allen stationären Buchhandlungen und Online-Buchhändlern wie z. B. Amazon erhältlich. e-Books stehen bei den führenden Online-Portalen (z. B. iBookstore von Apple oder Kindle von Amazon) zum Verkauf.

Einfach leicht ein Buch veröffentlichen: **www.tredition.de**

Eigene Buchreihe oder eigenen Verlag gründen

Seit 2009 bietet tredition sein Verlagskonzept auch als sogenanntes "White-Label" an. Das bedeutet, dass andere Unternehmen, Institutionen und Personen risikofrei und unkompliziert selbst zum Herausgeber von Büchern und Buchreihen unter eigener Marke werden können. tredition übernimmt dabei das komplette Herstellungs- und Distributionsrisiko.

Zahlreiche Zeitschriften-, Zeitungs- und Buchverlage, Universitäten, Forschungseinrichtungen u.v.m. nutzen diese Dienstleistung von tredition, um unter eigener Marke ohne Risiko Bücher zu verlegen.

Alle Informationen im Internet: **www.tredition.de/fuer-verlage**

tredition wurde mit mehreren Innovationspreisen ausgezeichnet, u. a. mit dem Webfuture Award und dem Innovationspreis der Buch Digitale.

tredition ist Mitglied im Börsenverein des Deutschen Buchhandels.

Dieses Werk elektronisch lesen

Dieses Werk ist Teil der Gutenberg-DE Edition DVD. Diese enthält das komplette Archiv des Projekt Gutenberg-DE. Die DVD ist im Internet erhältlich auf **http://gutenbergshop.abc.de**

MIX

Papier | Fördert
gute Waldnutzung

FSC® C083411

Zeitfracht Medien GmbH
Ferdinand-Jühlke-Straße 7
99095 Erfurt, Deutschland
produktsicherheit@kolibri360.de